룸비니 보리수나무 아래서 부처를 묻다

산지니시인선 024

룸비니 보리수나무 아래서 부처를 묻다

윤동재 시집

산지니

시인의 말 하나

우리 문명은 유불儒佛문명이다. 그 가운데서도 불교는 오늘에 이르도록 우리 역사·문화·삶 속에 크게 자리 잡아 왔고, 우리의 마음을 올곧게 키워 주고, 넉넉하게 해주고 있다. 불교를 빼놓고서는 우리 삶과 문학을 온전히 말하기 어렵다.

나는 불교를 통해 우리의 어제와 오늘, 그리고 앞날에 대해 하고 싶은 말을, '절집 몽유기행시'에다 담아왔다. 이 시집의 시는 대부분 '절집 몽유기행시'이다. 이 시집의 제1부는 마음의 위안, 제2부는 비뚤어짐과 잘못됨에 대한 비판, 제3부는 근원적 물음, 불교적 깨침과 관련이 있는 시를 모았다.

쉽고 재미있으면서도 '아! 정말 그렇구나!' 하고 느낄 수 있는 시, 살갑게 다가가 무언가를 슬며시 일깨우는 시를 쓰고 싶다는 게 평소 내 바람이다.

차례

제1부 절집

절집

경주 할매 지팡이 짚고
저녁마다 우리 집에 놀러 와
우리 할매와 얘기하다
절집 이야기만 나오면
신명이 나지요 신바람이 나지요

경기도 어느 절에 갔더니 밥이 맛있더라
강원도 어느 절에 갔더니 김치가 맛있더라
경상도 어느 절에 갔더니 된장이 맛있더라
전라도 어느 절에 갔더니 콩나물이 맛있더라
충청도 어느 절에 갔더니 물맛이 좋더라

경주 할매 60년 동안 전국 절집을
하나 빠뜨리지 않고
다 다녀보았다는데
신기하게도
부처님 말씀이나 스님네 법문 이야기는 안 하지요

경주 할매 좋은 말씀 좋은 이야기는
차고 넘치는데
그런 거 몰라도
오손도손 잘 살면
그게 제일이라 하지요

상원사 돌배나무

오대산 상원사 청량선원 앞마당
돌배나무를 보셨나요?
늦봄 돌배나무
하얀 미소를 피워 올리면
문수전에 계시던 문수동자
문수전에서
청량선원 앞마당으로 나와
돌배나무의 하얀 미소를
하루 종일 즐기며
누구나 반갑게 맞아주지요
삼동 내내
묵언 정진하던 돌배나무
늦봄이 되어서야
은은히 피워 올린 하얀 미소
한 번 보면 힘을 얻고
두 번 보면 희망을 얻고
세 번 보면 보리를 얻는다며
문수동자는

예까지 힘들여 왔으니
모두들 많이 보고 가라고 하지요

영평사 구절초

부처님은
구절초를 좋아하신다는 것을
이 가을 영평사에 가서
처음 알았네

공주 알밤 축제하는 날
군밤 사서 먹으며
공산성을 천천히 한 바퀴 돌고
영평사 가 보았더니

우리나라 구절초는 모두
영평사 부처님 무릎 아래 모여
부처님 말씀
한 마디도 빠트리지 않고 듣고 있었네

꽃 가운데서
부처님을 닮고 싶어 하는 꽃이 구절초라는 것을
이 가을 영평사에 가서
처음 알았네

서산마애삼존불 미소

서산마애삼존불을 뵙고
그 아래 식당에 들러
어죽을 사 먹으려고 했더니
언제 내려오셨는지
서산마애삼존불이
중국 낙양 용문 석굴에서 뵌 적이 있는
노사나불과 겸상을 하고
어탕 국수를 시켜
반 그릇이나 비우고 있었지요
노사나불은
서산마애삼존불의 미소를 사 가고 싶다며
은 30관을 내놓고 팔라 했지요
노사나불은 자기 얼굴은 측천무후의 얼굴이라
사람들이 모두 살기를 느껴
애써 찾아와서는
눈인사도 보내지 않는다고 했지요
은 30관이 부족하다면 더 내겠다 했지요
서산마애삼존불은

미소는 사고팔 수 있는 게 아니라며
미소는 공짜로 서로 나누는 거라며
가져가고 싶은 대로
실컷 가져가라고 했지요
모두 가져가라고 했지요

관촉사 은진미륵님

경상도에서 승용차를 몰고
모처럼 맘먹고 왔다는 두 보살님
김밥 잔뜩 싸 갖고 와서는
관촉사 은진미륵님 가까이 자리를 펴고
김밥을 먹는다
그러면서 젊은 보살님이 먼저
은진미륵님 보고 한마디한다
다른 절 부처님은 몸매도 날씬하드만
이 절 은진미륵님은 몸매랄 건 없고
덩치 무지무지하게 크네
그러자 나이가 좀 더 지긋이 들어 보이는 보살님
야야, 니는 암것도 모리고
택도 없는 소리 하지 마라
부처님은 우야든동 덩치가 커야제
덩치가 커야 힘이 세고
우리 겉은 중생들을 위해
힘껏 일해 주시제
부처님 덩치가 작아 봐라

힘이 없어 무씬 일을 하시겠노
은진미륵님 새끼손가락으로도
쌀 한 가마니는 쉽게 들겠다
은진미륵님은 무씬 일이든 다 잘 하시겠구마
야야, 야야, 저기 봐, 저기 좀 봐, 내 말이 맞다고
은진미륵님 입이 찢어지네 그자
귀밑까지 찢어지네 그자

보경사 겸재 정선

가을 단풍 구경하러 집사람과
포항 청하 내연산 계곡을 오르다가 보니
조선 시대 청하 현감을 지낸 겸재 정선
청하 현감 임기가 끝난 지 오래인데도
이곳으로 다시 와서
무풍 폭포 관음 폭포 연산 폭포를 그리고 있었네
이번에는 나라에서 그림 그리라고 보낸 건 아니라
했네

이 세 폭포는
〈내연산삼용추도〉라 하여
청하 현감으로 있을 때
일찌감치 그리지 않았느냐 했더니
겸재 정선 그렇다고 했네
그런데 왜 다시 또 그리느라
이렇게 애쓰느냐고 물어보았네

겸재 정선 대답하기를

이 세 폭포가
자기들도 〈인왕제색도〉나 〈금강전도〉와 같이
실경을 실경답게 그리되 기운 생동하게 그려달라고
자기들을 그려준 그림에는
실경다운 점도 조금 모자라지만
기운 생동하는 모습은 많이 모자란다며

날마다 메일로도 항의하고
날마다 카톡으로도 항의하고
날마다 전화로도 항의하고
어떨 때는 직접 찾아와 항의하는 통에
달포 전부터 이곳에 다시 와서
보경사 요사채에다 방을 얻어 놓고
내연산 계곡을 올라 다시 그리고 있다 했네

내소사 스페인 건축가 가우디*

스페인 건축가 가우디가 부안 내소사를 찾았지요
스페인 바르셀로나에서 왔다며
내소사 부처님을 뵙겠다고 했지요
내소사 부처님이 바쁜 가운데서도
어찌어찌 틈을 내어 가우디를 만나주었더니
가우디는 내소사 부처님에게 대뜸
내소사 대웅보전 창호 문양을 베껴다가
바르셀로나 성가족성당을 짓는 데 쓰고 싶다고 했
지요
내소사 부처님이 깜짝 놀라며
스페인 그라나다 알람브라 궁전 문양도 좋지 않냐
고 했더니
가우디는 그건 벌써 우려먹었다고 했지요
내소사 부처님은 내소사 대웅보전 창호 문양은
알람브라 궁전 문양과 마찬가지로
인류 공유재산이니 마음대로 베껴 써도 된다고 했
지요
그리고는 성가족성당을 잘 짓기 위한

가우디의 정성이 놀랍다고 했지요
내소사 부처님은 내소사를 찾아오는 사람들은
내 손 한 번 잡으면 내세에 다시 사람으로 태어난
다는 소문을 믿고
멀리서도 가까이서도 찾아오는데
이런 일로 찾아온 사람은 가우디가 처음이라며
가우디의 손을 잡고는 그라시아스!** 그라시아스!
했지요

* 안토니 가우디(1852~1926): 스페인 건축가.
** 그라시아스(gracias): 스페인어로 고맙습니다, 감사합니다.

천축사 절밥

사월 초파일 석가탄신일
도봉산 만장봉으로 올라가려고
오이 천 원어치 샀더니
오이 파는 아주머니
어디로 올라가려고 하시느냐고
만장봉으로 올라가려고 한다 하니
그럼 만장봉 아래
천축사에 꼭 들러
절밥 얻어 자시고 가라 하네
절에 돈 한 푼 낸 적이 없는데
무슨 염치로
절밥을 얻어먹어요 했더니
오늘 절밥은
천축사에서 주는 게 아니고
부처님이 주시는 거니까
얻어먹어도 된다 하네
오늘따라 하루 종일
오이 말고는

먹은 게 없는데
저물녘 도봉산을 다 내려올 때까지도
배가 불렀네
배가 잔뜩 불렀네

기림사 봄 선물

경주시 문무대왕면 기림사 가서
건칠보살님을 뵙고 주차장으로 나오니
달래 냉이 파는 할머니
달래 냉이 사 가라고 목청껏 외쳤네
기림사 건칠보살님 드실 건
좀 남겨두셨나요?
달래 냉이 보는 대로 다 캐다 팔면
어떻게 하느냐고 했더니
기림사 건칠보살님 드실 건
더 좋은 것으로
따로 남겨두었다며
걱정하지 말고
달래 냉이 많이 사 가라고 했네
그 말이 영 미덥지 않아
달래 냉이 사서
절반을 도로 덜어내어
달래 냉이 파는 할머니에게 주며
기림사 건칠보살님께 꼭 드리라고 했네

봄 선물 도저히 나만 받아 챙길 수 없었네

은해사 추사 글씨

은해사 대웅전 앞
약속이나 한 듯
오늘 그 이름도 뜨르르한
한중 서예가들이 다 모였네

근래 여러 해 동안 달아놓았던
극락보전이란 현판을 떼어내고
은해사에서도 큰맘 먹고 오늘 하루만은
한중 서예가들을 위해 대웅전 현판을 다시 달았네

중국의 왕희지가 서성書聖답게 앞으로 나서더니
대웅전 세 글자를 가리키며
이전의 추사 글씨는 단순한 기예技藝를 보여주고
있다면
이 세 글자는 기예氣藝를 보여주고 있다 했네

이어 모두 보화루로 자리를 옮기자
보화루 세 글자도 추사 글씨인데

달리 말이 더 필요 없는지
아무도 나서서 설명해 주지 않았네

다만 보화루 앞 계곡물 흘러가는 걸 보더니
한국의 한석봉이 우스개 삼아
추사가 글씨 쓸 때 이 물로 먹을 갈아 썼기 때문에
글씨가 좋다고 했네

내로라하는 한중 서예가들 모두 이구동성
아무렴 글씨를 잘 쓰려면 물이 좋아야지 하며 파안
대소했네
그 말에 나도 귀가 번쩍 뜨여
움츠렸던 어깨를 펴고 활짝 웃었네

김룡사 까치

늦가을
문경 김룡사를 찾아갔더니
국군체육부대 장병들이
김룡사 법당을 온통 차지하고 앉아 있었네

법당 안은
들어갈 수 없어
법당 앞마당에 서서
주지 스님의 법문을 들었네

주지 스님은
국군체육부대 장병들을 앉혀놓고
"장병 여러분 인연과 연인의 차이를 아시오?"
"……."

인연이란 뭐고 하니
옷깃이 스치는 것
연인이란 뭐고 하니

속살이 스치는 것

장병 여러분은 모두
인연으로 만난 연인
그러니 서로 죽도록 사랑하시오
"……"

법당 앞마당에 앉아
주지 스님의 법문을 같이 듣고 있던
까치 두 마리
서로 마주보며 꽁지를 까딱까딱하고 있었네

축서사 풍광

봉화 축서사 대웅전 앞마당
의상대사와 아도화상이
목청을 돋우고 있네
한 번도 목청을 돋우는 일이 없던 두 사람
무슨 일일까
무슨 까닭으로 목청을 돋우는 걸까

의상대사는 영주 부석사 무량수전
배흘림기둥에 기대어 바라보는
저물녘 풍광이 으뜸이라 하고
아도화상은 선산 도리사
서대에 올라 팔짱 끼고 바라보는
아침 풍광이 으뜸이라 하고

봉화 축서사 부처님
두 분의 말을 대웅전 안에서 다 들으시고
대웅전을 나오시더니 흰 고무신을 찾아 신으시고는
두 분을 데리고 보광전으로 가서

보광전 앞 한낮 풍광을 눈짓으로 가리키며
저것 좀 보시게나 저것 좀 실컷 보시게나

의상대사와 아도화상이
보광전 앞 풍광에 넋을 놓고 있자
봉화 축서사 부처님
두 분에게 한말씀 하시기를
으뜸 풍광이 따로 없다고
제가끔의 풍광이 있을 뿐이라고 했네

무량사 향 공양

당신도 부처님께
무엇이든 공양을 바치지 못해
안달하지 말고
부처님이 오히려 당신에게 바치는 공양을
스스럼없이 받아 보시오

여름날 부여 만수산 무량사 가시거든
만수산에 가부좌하고 계시는
더덕 부처님이 당신에게
온 정성으로 바치는
향 공양을 물리치지 마시오

당신이 무량사 극락전에 들어가
아미타불 관세음보살 대세지보살의
법공양을 받고 있노라면
만수산에 가부좌하고 계시는
더덕 부처님도 당신에게 틀림없이 향 공양을 바칠
것이오

공양은 드리기도 하고 받기도 하는 것
만수산 더덕 부처님은 당신 안에도
또 한 분의 부처님이 계신다는 것을
당신보다 먼저 알고
당신에게도 기꺼이 공양을 바치고 싶어 하시오

만일사 고추장 불보살

부처님 순창 만일사를 찾아오실 때마다
절집 식구들을 만나기도 전에
만일사 앞마당 장독대로 가서
고추장 단지 뚜껑을 하나하나 열어보시고
손가락으로 살짝 고추장을 찍어 맛을 보시네

만일사 절집 고추장 맛이 좋으면
그제야 절집 식구들을 만나 수고했다며
한 사람 한 사람
어깨를 두드려 주시고
따뜻하게 껴안아 주시네

부처님 만일사 절집 식구들에게 늘 해주시는 말씀
불법은 잘 담근 고추장 맛이라며
고추장 잘 담그는 것이 면벽 정진과 다르지 않으니
고추장 잘 담그는 법을 터득하면
누구나 절로 득도할 수 있다고 하시네

만일사 절집 식구들은 고추장 잘 담가
온 세상에 두루두루 나눠주라며
고추장만 잘 담가도 극락은 따 놓은 당상
고추장만 잘 담가도 누구나 불보살이 될 수 있고
중생의 입속으로 살신성인하는 고추장이 곧 불보
살이라고 하시네

부석사 선묘 아가씨

부석사로 올라가는 길에
아가씨가 사과를 팔고 있다
부석사를 찾는 사람들
그 사과를 선묘 사과라 부른다

중국에서 바다를 건너올 때처럼
밤에는 용이 되어 부석사를 지키고
낮에는 의상 스님의 공부 뒷바라지해 준다며
아가씨가 아침부터 저녁까지 사과를 팔고 있다

중국말은 안 쓴 지 오래라 다 까먹고
경상도 사투리를 경상도 사람보다 잘해
"사과 사이소! 사과 사이소!" 한다
이제는 아무도 중국 아가씨인 줄 모른다

　부석사를 찾는 사람들 의상 스님의《화엄일승법계
도》는 몰라도
　아가씨의 사과를 사 주면

그게 곧 의상 스님에게 공양하는 걸로 알고
아가씨의 사과를 산다

의상 스님 뒷바라지가 삼세의 자기 일이라며
사과를 팔고 있는 아가씨
밤낮으로 몸 바꿔가며 부석사도 지키고 의상 스님
뒷바라지도 하며
사시사철 단 하루도 쉴 틈이 없다 쉴 수가 없다

혜국사 젊은 비구니 스님

내가 한창 힘이 좋았을 때
문경 새재 혜국사 올라가는 길
주흘산 등산로를 따라
앞서가는 사람도 뒤따르는 사람도 없이 단숨에 올
라갔지
여궁폭포를 지나 오르고 또 오르다 보니
공덕을 절로 쌓을 것 같았지

혜국사에서 뵌 젊은 비구니 스님
커피 한 잔 주기에
아는 스님이라고는 유튜브를 통해 알게 된
법륜 스님밖에 없다고 했지
그러시냐고 하시더니 자기는 불교만 포교하고 있
지만
법륜 스님은 모든 종교를 포교하고 있다고 했지

그리고는 혜국사 젊은 비구니 스님
다음에 오실 때 미리 전화 주시면

방 한 칸 내어드릴 테니 자고 가시라고 했지
내게 살포시 웃음 지어 보이며
혜국사는 저녁노을이 좋으니 그걸 보시고
천천히 내려가시라고 했지

나는 돌아갈 길이 멀어
빨리 내려가야 한다며 서둘러 내려왔지
내려오면서 다시 여궁폭포를 지날 때쯤
나는 젊은 비구니 스님의 뜻을 잘못 헤아리고
마음속으로 죄를 범하고 말았지
그 뒤 다시 혜국사를 갈 수 없었지

분황사 모전석탑

구경 가세 구경 가세
경주 분황사 불구경 가세
낮에는 볼 수 없고 밤에만 볼 수 있는
경주 분황사 불구경
경주에서 볼 만한 건 이것뿐이지

지귀志鬼라는 사내
밤이면 꼭 분황사 모전석탑 앞에 누워
선덕여왕善德女王이 준 금팔찌 가슴에 얹고
선덕여왕을 기다리지
일구월심日久月深

밤이 깊어도 선덕여왕 오지 않으면
지귀 가슴에 불길
이글이글 타오르기 시작하고
그 불길 밤새 분황사 모전석탑을 다 태우지
참 볼 만하지

지귀라는 사내

먼동이 트고 어디로 사라지고 나면

밤새 탄 분황사 모전석탑

귀신이 곡할 노릇 도로 멀쩡하지

그건 더더욱 볼 만하지

봉선사 각시붓꽃

한글대장경 읽는 각시붓꽃을 보셨나요?
매달 첫 월요일 봉선사를 가보세요
봉선사 큰법당 운허 스님 월운 스님과 함께
한글대장경을 읽고 있는
각시붓꽃을 볼 수 있지요

어느 날 각시붓꽃
봉선사를 찾아가서
운허 스님과 월운 스님에게 대뜸 묻기를
우리는 중생인가요? 아닌가요?
두 스님 당연히 중생이라고 했지요

그러자 각시붓꽃 중생인 우리도 부처님 같이 될 수
있도록
한글대장경을 가르쳐달라고 했지요
그 뒤부터 운허 스님과 월운 스님
매달 첫 월요일 봉선사 큰법당에서
각시붓꽃에게 한글대장경을 가르쳐주고 있지요

부처님도 그걸 알고 찾아오셔서
그 광경을 보시고는 흐뭇해하시지요
매달 첫 월요일 봉선사 큰법당에 가면
한글대장경 읽는 각시붓꽃도 보고
덤으로 부처님을 뵐 수 있지요

삼화령 미륵불

방학이라 엄마 따라 경주 외갓집에 왔다가
국립경주박물관에 처음 온 서울 사는 초등학교 1
학년 송이
엄마와 같이 국립경주박물관을 둘러보다가
삼화령 미륵불이 저를 반기는 걸 보고
잰걸음으로 달려가 동무야, 동무야 같이 놀자 한다
삼화령 미륵불 기분 좋아 씩 웃으며 송이 손잡고
국립경주박물관 마당으로 달려 나간다
막 박물관으로 들어서던 할머니들
그걸 보고 흐뭇하게 웃는다
그들 가운데 한 분 입속말로
어린아이라야 천국에 들어갈 수 있는데
삼화령 미륵불 천국에 들어갈 수 있겠다!
삼화령 미륵불 머리 쓰다듬어주고픈
천생 귀여운 어린아이다! 한다
삼화령 미륵불과 송이 그새 어디서 구했는지
입으로 비눗방울을 날리고 있다
비눗방울이 하늘 높이 둥둥 날아가고 있다

비눗방울 몇 개 삼화령 미륵불 박물관에 오기 전에
있던

경주 남산 삼화령까지 높이 높이 날아가고 있다

언제 왔는지 신라 경덕왕과 신라 충담 스님도

삼화령 미륵불과 송이가 날리는 비눗방울을 보고
있다

정방사 중국 시인 도홍경

제천 금수산은 원래는 백악산이었는데
단양 군수로 있던 퇴계가
가을 단풍을 두른 백악산에 반해
비단을 두른 게 틀림없다며
금수산이라 부른 뒤
다들 금수산으로 부르고 있지요

그 산 중턱에 정방사 있지요
제천 10경 중 제5경이라는데
내가 찾아갔을 때는
스님도 부처님도 출타 중이었고
중국 시인 도홍경*이
혼자 있다가 나를 맞아주었지요

　그는 나에게 원통보전 나한전 지장전은 못 둘러보
게 하고
　유운당 기둥에 주련으로 걸린 자신의 시를 읽어 보
라고 했지요

"산중에 무엇이 있느냐고 물으시기에
산마루에 흰 구름이 많고요
그걸 홀로 즐기고 있을 뿐
그대에게 보내드리지 못함이 아쉽기만 하오"**

나는 중국 시인 도홍경에게
당신 시 잘 읽었소
당신같이 잘난 이는
이곳 풍경을 보고 시를 썼지만
나같이 못난이는
이곳 풍경을 다만 말없이 즐길 뿐이오 했지요

* 도홍경(陶弘景 456—536년) 중국 남북조 시인.
** 이 시의 제목은 <조문산중하소유부시이답
詔問山中何所有賦詩以答 산 속에 무엇이 있는가 편지로 묻기에
시로써 답하다>이고, 원문은 다음과 같다.
산중하소유 山中何所有/영상다백운 嶺上多白雲
지가자이열 只可自怡悅/불감지증군 不堪持贈君   51

통도사 금강계단 중국인 사내

통도사 자장매 막 꽃 피우기 시작할 때
통도사 금강계단을 찾아와
통도사 자장매 잎이 다 지고 난 여태까지
자신이 고한어로 쓴 〈논불골표〉라는 글을
구글 번역기로 돌려 날마다 나누어주는 중국인
사내

구글 번역기로 돌린 글이다 보니
〈논불골표〉의 번역 문장이 우리글로는 여러 군데
어색하지만
부처님의 진신 사리를 들여와 모시는 것은 잘못된
일이다
이 대목만큼은 놀랄 정도로 정확하게 번역이 되어
누구라도 금방 알 수 있네

그가 날마다 금강계단에서 〈논불골표〉를 나누어
주는데도
통도사 절집 식구들 그를 살뜰히 챙겨주네

통도사 공양주 보살 그에게 끼니를 챙겨주면서
가끔 그의 이름을 물어보면
어떨 때는 한유 어떨 때는 한퇴지 어떨 때는 한창
려라 하네

자장율사와 구하 스님 경을 읽어보라고 주기도 하고
경봉 스님과 월하 스님 중국 인민폐와 한화를 주기
도 하고
영축총림 방장 스님과 통도사 주지 스님
그를 볼 때마다
두 손 모으며 엷은 눈웃음을 보내네

저러다가도
어느 순간 한 소식이 오면
조용히 보따리를 싸서 물러갈 거라며
저러는 것도 수행이라며
통도사 절집 식구 모두 아무도 대거리하지 않고
있네

구인사 온달과 평강공주

온달과 평강공주 부부를 만나러
막걸리 한 상자 등에 지고
단양 온달산성에 올라갔더니
그동안 살던 집은 비워 두고 구인사로 내려가
절집 식구들과 함께 살고 있다는 쪽지만 남겨두었
기에
보발재를 넘어 구인사에 갔지요
김장 무 배추 씨를 뿌린다며
절집 식구들이 모두 울력을 나가 절집이 텅 비었
지요

그들이 돌아오기를 기다리는데
한참이 지나고 나서야
소를 몰고 쟁기를 지게에 지고 돌아오시는
구인사 부처님을 뒤따라
절집 식구들이 모두
점심 공양을 하기 위해
절집으로 돌아오고 있었지요

온달과 평강공주 부부도 뒤따라오고 있었지요

구인사 부처님께 합장배례하고
얼른 막걸리 한 상자 공양했더니
구인사 부처님 그 자리에서
막걸리병을 모두 따서
울력 나갔다가 돌아온 절집 식구들에게
한 사람 한 사람 따라 주셨지요
온달과 평강공주 부부도
구인사 부처님이 따라 주신 막걸리를 금방 비웠
지요

온달과 평강공주 부부
온달산성에서 부부만 살 때는
금슬은 좋아도 밀려드는 외로움에
견디기 힘들고 어려웠는데
절집 식구들과 함께 일하고 함께 먹고 함께 지내니
가슴이 텅 빌 때 서로 등을 기댈 수 있고

손, 코, 무릎이 시릴 때 서로 화톳불이 되고
어둠을 헤맬 때 서로 빛이 되어 준다고 했지요

제2부 팔공산 갓바위 부처님

팔공산 갓바위 부처님

팔공산 갓바위 부처님
오래 머물러 계시던 돌 속에서 나오셔서
어디 멀리 가셨습니다
돌덩이만 덩그렇게 서 있습니다
어지간히 속상하셨나 봅니다
사람들이 이 복 저 복 오만 복만 달라고
막무가내로 매달리는 것도 못마땅하고
부처님께 공양한 쌀이랑 돈을 갖고
출가 스님들이 서로 차지하려고
싸우는 것도 꼴사나워
줄곧 계시던 돌 속에서 나오셔서
아주 멀리 가셨습니다
팔공산 다람쥐 형제
갓바위 부처님 가신 곳을 알고 있습니다
팔공산 바람
갓바위 부처님 가신 곳을 알고 있습니다
그렇지만 이들은
갓바위 부처님 가신 곳을

아무에게도 알려주지 않고 있습니다

청암사 요리 배우는 인현왕후

조선 숙종의 비인 인현왕후를
다짜고짜 한번 만나보러
김천 청암사에 갔더니
간밤부터 내린 눈이
인현왕후가 있다는 극락전 앞마당 무릎까지 쌓여
비구니 스님 두 분이 싸리비로 그걸 쓸고 있었네

미리 약속하지는 않았지만
인현왕후를 뵐 수 있느냐고 했더니
두 분 비구니 스님이 말하기를
어제 오후 김천 시내 요리학원에
요리 배우러 나갔다가
밤새 눈이 그치지 않아 돌아오지 못했다고 했네

인현왕후가 뜬금없이 갑자기 요리를 배우다니요
했더니
두 분 비구니 스님이 말하기를
인현왕후가 장희빈에게 왕비 자리를 빼앗긴 게

원통 분통 절통하다며
날마다 김천 청암사 보광전
벽을 두드리며 까무러치니

청암사 부처님 안 되겠다
이러다가 인현왕후 실성하겠다
이러다가 인현왕후 사람 버리겠다
하루는 큰맘 먹고 인현왕후를 불러 앉혀
장희빈에게 왕비 자리 빼앗긴 까닭을
조곤조곤 일러주었다 했네

청암사 부처님
인현왕후가 왕비 자리를 빼앗긴 건
인현왕후는 왕비 체통만 지키려고 애썼을 뿐
요리는 무엇 하나 제대로 할 줄 아는 게 없어
요리 솜씨가 좋아 무슨 요리든 척척 잘하는 장희빈
에게
왕비 자리를 빼앗긴 건 필연이라 했네

장희빈이 왕을 모실 때는
  불이 약한 화로
  불이 센 화로
  따로따로 준비해 두었다가
  된장찌개는 약한 화로로 보글보글 끓이고
  안심 등심은 불이 센 화로로 살짝살짝 구워 입속에
넣어 드리니

  왕이 그 맛에 반해
  왕이 그만 장희빈에 폭 빠져
  인현왕후를 내쫓고
  장희빈을 왕비로 삼을 수밖에
  그게 뭐가 잘못되었느냐고
  원통 분통 절통하면 요리부터 배우라고

  인현왕후 지금이라도 다시
  왕비가 되고 싶어

장희빈을 몰아내고 다시 왕비가 되려고
장희빈보다 요리를 더 잘하겠다는 한결같은 마음
으로
비가 오나 눈이 오나 바람이 부나
요즘 김천 시내 요리학원에 나가 요리 배운다 했네

천은사《제왕운기》읽고 싶다는 부처님

지난가을 삼척시 미로면 내미로리
코스모스 축제에 갔다가
천은사에서 하룻밤 묵었네
낮에 본 코스모스 내 꿈속까지 따라 들어와
바람이 조금만 불어도
한들한들 춤을 췄네

한창 꿈을 꾸는데
옆방에서 큰 소리가 나서
그만 꿈을 깼네
옆방에서 들려오는
소리를 들어보니
이승휴의 목소리였네

낮에 서울에서 찾아왔다는
한국사를 전공한다는 젊은 교수를 앉혀놓고
동북아역사재단에서 연구비를 받아 우리 역사를
연구한다고 해놓고는

중국 사회과학원 학자들과 북경에서 동북공정을
이야기할 때
제대로 말하지 못하고 돌아온 것을
사정없이 야단치고 있었네

이승휴는 만주 일대까지도 고려의 영역이었음을
고증한
《제왕운기》를 내놓으며 젊은 교수에게 철저히 읽
으라고 했네
그리고는 동북공정을 추진하는 중국 사회과학원
학자들을 다시 만나면
한번 따끔하게 본때를 보여주라고 했네
천은사 부처님이 이승휴의 이야기를 같이 듣고 있
다가
그 책 나도 읽고 싶다며 젊은 교수보다 먼저 책을
집어 들었네

연곡사 매천 황현

매천 황현 지리산 피아골 연곡사
항일 의병장 고광순의 순절비를 끌어안고
이 세상에서 지식인 노릇하기 어렵구나 절규하며
대성통곡하네
그 소리 하도 커서
지리산 피아골 골짜기
쩡쩡 울리고
지리산 천왕봉까지 갔다가
메아리로 돌아오네

매천 황현 대성통곡할 만도 하지
임진왜란 때 의병장으로 이름을 날린 고경명의
후손
담양 창평의 고광순 항일 의병장이 되어
지리산 피아골 연곡사에 진을 치고 일본군과 싸
울 때
매천 황현에게 부하를 보내
격문 하나 써 달라고 하니

매천 황현 무슨 마음으로 심부름을 온 부하를
빈손으로 돌려보냈을까?

매천 황현 당대의 문장가
무엇이 그리도 무서웠던 걸까
붓을 들면
단숨에 일필휘지
그까짓 격문 하나 못 써주다니!
그까짓 격문 하나 안 써주다니!
이제 와 생각해도 기가 막힐 일
이제 와 돌아봐도 자기도 자기를 용서 못 할 일

매천 황현 고향 구례에다 매천사 근사하게 지어놓고
자랑스레 지내기 민망하다며
하루도 빼놓지 않고 지리산 피아골 연곡사 와서
항일 의병장 고광순 순절비를 끌어안고
이 세상에서 지식인 노릇하기 어렵구나 절규하며
대성통곡하네

항일 의병장 고광순과 그의 부하들

이제는 그까짓 격문 하나 써주지 않은 매천 황현을
이해하려나

이제는 그까짓 격문 하나 써주지 않은 매천 황현을
용서하려나

마곡사 백범 김구

마곡사 경내에 들어섰더니
백범 김구 선생이 허리를 꼿꼿이 세우고
맨손체조를 하고 있었습니다
다 끝나기를 기다려
백범 김구 선생께 여쭈어보았습니다
마곡사 대웅보전 싸리나무 기둥을
여러 번 돌고 나면
극락은 따 놓은 당상이라는데
저승에 가면 염라대왕이
마곡사 대웅보전 싸리나무 기둥을
몇 번 돌았느냐고 물어보고
돈 바퀴 수에 따라
극락으로 보내준다는데
백범 김구 선생은 몇 번 도셨느냐고 하니까
빙긋이 웃으시기만 했습니다
몇 번을 거듭 여쭈어보자
난 관심이 없소
난 오직 대한독립에만 관심이 있소 하고는

더 이상 상대해 주지 않고
대빗자루를 집어 들더니
대웅보전 앞마당을 쓰윽쓰윽 쓸었습니다

벽송사 의사 노먼 베쑨*

　지리산 칠선계곡 벽송사 안국당에서 절집 식구들과 함께
과 함께
　차 공양 곶감 공양을 서둘러 마친 뒤
　의사 노먼 베쑨이
　빨치산 야전병원 터를 둘러보고 있다

　벽송사 목장승 호법 대신과 금호 장군이
　의사 노먼 베쑨을 밀착 경호하고 있다
　벽송사 선방의 문고리만 잡아도 성불할 수 있다는데
　의사 노먼 베쑨은 선방의 문고리에는 애시당초 관
심이 없다

　빨치산 야전병원에 대해서만
　벽송사 공양주로 일하고 있는
　빨치산 출신 늙은 보살에게 이것저것 물어보고
있다
　벽송사의 도인송과 미인송도 귀를 쫑긋 세우고
있다

"야전병원이 불탈 때
치료받던 환자들은 모두 어떻게 되었느냐?"
"이념에는 좌우가 있어도 목숨에는 좌우가 없는데
국군이나 빨치산 가운데서 죽은 사람은 없느냐?"

첫 만남이지만 의사 노먼 베쑨이 한량없이 믿음직
스러워
빨치산 출신 벽송사 공양주 늙은 보살
숨겼던 옛 신분이 드러나는 것도 전혀 두려워하지
않고
의사 노먼 베쑨에게 무엇이든 깡그리 이야기해 주
고 있다

* 노먼 베쑨: 캐나다 출신의 외과 의사이자 의료개혁가.
궁극적으로 인간과 사회를 치료하고자 했던 진정한 의사.　　73

미황사 전두환

　해남 달마산 미황사 시왕전 공재 윤두서가 만든 시
왕에게
　죽은 전두환이 돈주머니를 보이며 잘 봐달라고 했
지요
　시왕은 전두환에게 29만 원밖에 없어 추징금도 못
냈는데
　돈은 무슨 돈이냐며 핀잔주었지요
　전두환이 염라대왕 앞에 있는 업경대業鏡臺를 지나
가자
　이승에서 저지른 죄가 업경대에 하나하나 비쳤지
요
　전두환은 돈주머니의 돈을 믿는 건지
　이승에서 대한민국 제11대 제12대 대통령이었다
는 걸 믿는 건지
　서기가 두루마리 문서에 죄목을 몽땅 기록해
　염라대왕에게 전해주는데도 오히려 기세등등했
지요

전두환은 시왕에게 왜 나만 갖고 그러느냐고

고구려 제5대 모본왕慕本王은 제대로 심판했느냐고

앉을 때는 항상 사람을 깔고 앉고 누울 때는 사람
을 베개로 삼고

신하로서 간하는 자가 있으면 활을 당겨 쏘아죽인

고구려 제5대 모본왕과 자기는 달라도 한참 다르
다고 했지요

전두환은 시왕에게 제 손으로 한 사람도 다치게 하
거나 죽인 적이 없다며

탱크를 몰고 거리를 누비거나 총을 쏘고 공중에서
헬기 사격을 한 것은

자기 부하들이 한 짓이지 절대로 자기가 한 짓이
아니라고 했지요

염라대왕은 전두환의 말을 듣고 기가 차서

너를 지옥으로 보내는 것도 내가 아니고 옥졸들이
라고 했지요

이승의 법정에서 심판받고 뒤이어 사면받았던 전

두환은

　염라대왕의 말에 주눅이 들기는커녕

　숨긴 돈으로 시왕을 매수해 보고 안 되더라도

　이승 저승이 결국 다르지 않을 거니

　저승의 심판이 끝나면 어차피 사면해 줄 거라며

　반성하거나 용서 구하지 않았지요

　공재 윤두서가 자신이 만든 시왕과 함께 내내 지켜

보다가

　시왕이 행여 마음 약해질까 봐

　두 손을 모으고 시왕에게 귓속말로

　초심을 잃지 말고 불같이 칼같이 심판하시라고 했

지요

칠장사 임꺽정

칠장사 원통전 문을 걸어 잠그고
궁예와 임꺽정이 막걸리를 거푸거푸 마시며
세상을 어떻게 바꿀 것인지
한나절 내내 격론을 벌이고 있었네

궁예는 지금은 때가 아니다
우리 미륵님 오실 때까지
힘을 기르고 활쏘기 연습을 하며
우리 미륵님을 기다리자 했네

임꺽정은 언제든 힘은 모으면 되는 거고
활쏘기 연습도 이만하면 되었으니
우리가 모두 스스로 미륵이 되어
다 같이 떨쳐 일어나 세상을 바꾸자 했네

원통전 앞 향나무 두 그루
한 그루는 궁예의 말이 옳다 하며 고개를 끄덕이고
한 그루는 임꺽정의 말이 옳다 하며

저도 미륵이 되어 떨쳐 일어나려고 연신 엉덩이를
들썩였네

임꺽정이 원통전을 나오다가 엉덩이를 들썩이는
향나무를 보고
힘을 얻어 바로 떨쳐 일어나니
백정 노비 농투성이 모두 따라 일어났네
나라님도 조정도 관군도 겁을 먹고 어쩔 줄 몰랐네

이제 곧 누구도 겪어보지 못한 새 세상이 열리는가
했는데
임꺽정을 따라 떨쳐 일어났던 무리 가운데 한 놈
비밀리에 관군과 내통하여 임꺽정의 급소를 알려
주니
임꺽정은 그만 어처구니없이 관군에게 잡혀갔네

나라에서는 임꺽정의 목에 칼을 수도 없이 내리쳤
으나

끝끝내 임꺽정의 목에 칼이 들어가지 않자

전국의 대장장이들에게 단번에 목을 벨 칼을 만들어 올리라 하니

전국의 대장장이들이 모두 한꺼번에 자취를 감추어버렸네

용문사 마의태자와 은행나무

신라 마의태자가 금강산으로 들어가면서
꽂아 놓은 지팡이에서
싹이 움터 자랐다고 하는 양평 용문사 은행나무
마의태자가 천년이 지난 뒤
처음 찾아왔는데도 곧바로 알아보았다
마의태자는 감개가 무량한 듯했다
자기가 지팡이를 꽂아 놓은 게
이렇게까지 크게 자랄 줄은 몰랐다
마의태자는 은행나무를 단번에 다 안지 못하고
몇 번에 걸쳐 안아보았다
은행나무는 마의태자가 자신을 안을 때
천년이 지난 뒤에도
마의태자가 천년 전의 마음을 비우지 못한 걸
천년 전의 마음을 내려놓지 못한 걸 알았다
은행나무는 그게 안타까워
용문사 대웅전에 계신 부처님께 눈짓했다
부처님도 마의태자가 천년이 지나도록
스스로 깨치지 못했으니 도와주어야겠다며

대웅전에서 나와 은행나무와 마의태자 쪽으로
걸음을 빨리 더 빨리 옮겼다

보광사 향나무

파주 고령산 보광사 어실각 옆
영조대왕이 300년 전 직접 심은 향나무
영조 대왕한테 싸리나무 회초리로
종아리를 사정없이 맞고 있다
향나무 종아리에 피가 줄줄 흐르는데도
영조대왕은 싸리나무 회초리를 거두지 않고 있다

어머니 숙빈 최씨의 위패를 모셔놓은
어실각을 잘 지키라고 했더니
어실각에 아무나 위패를 모셔놓게 내버려두었다고
화가 하늘까지 뻗치어
직접 싸리나무 회초리를 들고
향나무의 종아리를 사정없이 때리고 있다

향나무는 뭐가 잘못되었냐는 거다
어실각은 영조대왕의 것이면서
모두의 것이기도 하고
영조대왕의 어머니 숙빈 최씨만 어머니냐고

말뚝이 쇠뚝이 꺽쇠 어머니도 어머니고
어머니는 모두 똑같은 어머니 아니냐고

어실각 옆 향나무는
자기는 아무 잘못이 없으니
영조 대왕이 실컷 때리라며
종아리를 통째 내맡기고 있다
이참에 인욕 정진 제대로 해
인욕 보살이 되겠다고 원을 세우고 있다

정암사 열목어 떼

　서울의 한 교회 당회장 목사
　교인들의 헌금을 몰래 빼돌려
　강원도 정선 강원랜드 카지노에 가서 다 잃어버리
고는
　하나님한테 곧바로 찾아가지 않고
　강원랜드 카지노 가까운 정암사를 찾아와
　부처님께 무릎 꿇고 시줏돈을 좀 꿔달라고 했네

　부처님은 가만히 듣고 계시는데
　자장율사와 문수보살이 그를 일으켜 세우더니
　적멸궁으로 데리고 가서는 방석을 내어주며 함께
기도하자고 했네
　그가 평소 성도들에게 헌금을 많이 내거나 기도 열
심히 하면
　하나님이 알아서 그득그득 채워주신다고 하였으니
　그 말이 틀림없을 거라며 함께 기도하자고 했네

　그는 자기는 기도를 가르치는 사람이지

기도를 직접 하는 사람은 아니라고 하면서
자장율사와 문수보살한테
부처님 시줏돈 받으신 것 가운데
자기를 도와줄 수 있는 여유분이 있는지
그것만 알아봐 달라고 했네

정암사 계곡의 열목어 떼
그동안 별일 없이 지냈는데
그가 하는 짓을 내내 지켜보다가
열목어마다 두 눈의 실핏줄이
그만 한꺼번에 터져
정암사 계곡물이 온통 붉었네

용주사 여고생들과 정조대왕

국어 시간에 조지훈의 <승무>는
시인이 화성 용주사에서 승무를 직접 보고
여러 달이 지난 뒤 쓴 작품이라고 했더니
여고생들이 자기들도 거기 갔다 와서
시 한 편 쓰고 싶다고 했지요
지난 일요일 나는 시간을 내어
여고생들을 데리고 화성 용주사에 갔지요
정조대왕이 융릉에 오셨다가 들르셨다며
여고생들과 잠깐 이야기를 나누었지요
정조대왕이 요즘 여고생들은
어떤 젊은이를 좋아하느냐고 물으셨지요
여고생들이 정조대왕에게 잘 아시는 젊은이가 있
느냐며
얼굴이 핸섬하냐?
매너가 좋으냐?
페이가 짭짤하냐?
서로 다투어 여쭈었지요
정조대왕이 얼떨떨한 표정으로

나를 쳐다보았지요
지국천왕 증장천왕 광목천왕 다문천왕이
천왕문에서 언제 나왔는지
여고생들에게 눈을 부릅떴지요

진관사 수륙재水陸齋

봄날 북한산 기슭 진관사
대한민국 대통령이었던
이승만 박정희 전두환 노태우 씨가
나란히 서서 수륙재를 올리고 있다
한 줌도 안 되는 권좌를 차지하기 위해
무고한 사람들을 수도 없이 죽여
떠도는 넋이 되게 했던 이들이
약속이나 한 듯 같이 찾아와
아직도 떠돌고 있는
외로운 넋들을 달래준다며
수륙재를 올리고 있다
절집 지붕 위
여기저기 앉아 있는 새들
수륙재를 구경하다 말고
단 한 번도
사죄한 적이 없는 저들이
뻔뻔스럽게 무슨 낯짝으로
수륙재를 올리고 있느냐며

저들 자신을 위한 수륙재냐
도대체 누구를 위한 수륙재냐
저들을 당장 내쫓으라고
한목소리로 외치고 있다

갑사 국어 대통령

한 번은《월인석보》목판을 보러
국문과 교수 몇 분과
공주 계룡산 갑사에 갔지요
갑사 종무소에 들러 아가씨에게
《월인석보》목판을 직접 보러왔다고 하니까
그건 주지 스님의 허락이 없으면
누구에게도 보여줄 수 없다고 했지요
국어학을 전공하는 노 교수가 신분증을 보여주며
내가 국어 대통령인데도 안 되느냐고 했더니
종무소 아가씨 주지 스님 허락 없이는
국어 대통령이라도 안 된다고 했지요
삽시에 국어 대통령이 낭패를 당했지요
그럼 주지 스님께 전화 한번 해달라고 하니
주지 스님은 그런 일로 전화하면
화부터 낸다고 했지요
오늘 아침 일찍 유성온천에 목욕하러 가셔서
언제 오실지 모르니 기다리지 말고
그냥 돌아가라고 했지요

그런데 그날 저녁 어떻게 된 일인지
《월인석보》목판이 주지 스님을
자신의 등에 태우고 두둥실 날아
서울 국어 대통령 집으로 모셔 왔지요
주지 스님은 국어 대통령에게
낮에 있었던 절집 식구의 결례에 대해
엎드려 용서를 구한다고 했지요
국어 대통령은 주지 스님에게
《월인석보》목판을 잘 보관해 준 걸 치하하고
밤이 이슥하도록 담소를 나누며
보이차를 대접했지요
《월인석보》목판도 같이 보이차를 마시며
배시시 웃었지요

도갑사 도선 스님과 남사고

남도 영암 월출산 도갑사
도선 스님방
경상도 울진에서 온 남사고란 사내
도선 스님과 벌써 여러 날 다투고 있네
여차하면
서로 주먹다짐이라도 할 것 같네

당대발복인가 후대발복인가
집터인가 묘터인가
절집 풍속과는
도무지 어울리지 않는다고 생각해서인지
도갑사 절집 식구들 도선 스님과 남사고에 대해
모두 난감해하고 있네

그런데 새로 가게를 내고 싶은데 어디에다 내면 좋
겠느냐
땅을 사 두고 싶은데 어디가 좋겠느냐
아파트를 사 두고 싶은데 지금 사 두면 괜찮겠느냐

주식 투자 종목 대박 터질 것만 꼭꼭 집어줄 수 없
겠느냐
도선 스님의 한말씀에 목을 맨 사람들도
도갑사 절 마당에 벌써 여러 날째 잔뜩 진을 치고
있네

이들은 도선 스님과 남사고의 다툼이 여러 날 이어
지자
이제는 더 못 참겠다며
남사고를 도선 스님 방에서 어서 끌어내고
도선 스님은 우리를 만나 달라
그렇지 않으면 자기들이 도선 스님 방에 쳐들어가
남사고를 끌어내겠다고
모두 주먹을 불끈 쥐고 두 팔을 쳐들며 한목소리로
외치고 있네

이들은 모두 그렇다 치고
남사고도 남사고지만

도선 스님 저자에서나 할 소리를 하필이면 늘상 절
집에서 해

　이 야단이냐고 이 야단법석이냐고

　도갑사 절집 식구들 이러다가 절집에서 큰 싸움 나
겠다며

　이젠 더 못 참겠다고 날을 세우고 있네

단하 선사*와 사도 바울

그동안 한 번 만나 뵈려고
중국을 거의 제집 드나들 듯하면서도
단 한번 만나 뵈지 못했던 단하 선사를
그리스 아테네에서 만나 뵈었네
사도 바울과 아고라 광장 아래 맥줏집에서
맥주잔을 기울이고 있었네

파르테논 신전을 오르는 길
아레오파고스 바위 언덕에서
하나님은 사람이 만든 신전 안에 갇혀 있는 분이
아니다
하나님은 사람이 금이나 은이나 돌에다 새길 수 있
는 분이 아니다
사도 바울이 연설하는 것을 듣고
단하 선사 자기 귀를 의심했네

사도 바울의 연설을 듣던 사람들이 흩어지고
사도 바울 혼자 남게 되자

* 단하丹霞 선사: 739-824 중국 당나라 때 선승. 허례에 빠진
속승들을 계도하기 위해 겨울에 나무 불상을 아궁이에 때어
방을 따뜻하게 했다는 이야기가 전해짐. 별칭으로 천연天然이
있음.   95

단하 선사 사도 바울에게 다가가
바쁘지 않으시면 같이 맥주 한잔하자고
그래 사도 바울도 방금 연설을 끝낸 터라
힘도 다 빠지고 목도 마르고 해서 그러자 했네

아고라 광장 아래 맥줏집으로 자리를 옮긴 두 사람
단하 선사는 평소 반야차를 즐겨 마셔
맥주 몇 잔은 아무렇지도 않았네
사도 바울은 평소 술을 마시지 않는지
맥주 한 잔에도 온 얼굴이 벌겋게 되었네
그러다 보니 이야기는 주로 단하 선사가 했네

단하 선사는 조금 전 자신의 귀를 의심하게 만든
사도 바울의 아레오파고스 바위 언덕 연설에 대해
말하기를
어쩌면 평소 내가 하던 말과 똑같으냐고
절집 안에 나무로 불상을 만들어놓고
그 앞에다가 시줏돈을 올리고 공양미를 올리고

엎드려 절하는 것은 웃기는 일이라고 했네

단하 선사는 절집에 들를 때마다
절집 안에 나무로 만든 불상이 있으면 도끼로 패
얼른 아궁이로 가지고 가서
방을 뜨뜻하게 하는 데나 쓴다며
부처님은 사람이 나무에다 새길 수 있는 분이 아니다
부처님은 사람이 금이나 돌덩이에다 새길 수 있는
분이 아니다 했네

사도 바울은 단하 선사의 말을 듣고
박수를 보내며 그동안 서로에 대해 너무 모르고 있
었다 했네
그리고는 단하 선사에게 맥주 한 잔 더 권했네
사도 바울과 단하 선사는 마음을 열고
이야기를 이어갈수록 아주 죽이 맞아
아고라 광장 아래 맥줏집에서 도무지 일어설 줄 몰
랐네

수타사 삼촌과 조카

초로의 사내가 늦게 얻은 아들인 듯
초등학교 3학년쯤 되는 어린아이 손을 잡고
수타사 성보박물관을 관람하고 있었지요
유리 상자 안에 들어 있는
《월인석보》 초간 목판본을 열심히 설명해 주고 있
었지요
사내가 《월인천강지곡》은 자기 아버지가 지었고
《석보상절》은 자기가 지었는데
《월인석보》는 《월인천강지곡》과 《석보상절》을
합쳐서
자기가 펴냈다고 하자
어린아이는 삼촌이 펴냈다면
벌써 수백 년이 지났는데도
아직 잘 보관되고 있다며
참말로 대단하다고 했지요
그들은 일 년에 한두 번은 함께
수타사를 찾는다고 했지요
해 질 무렵 홍천 읍내로 나와 막국수를 먹을 때

그들의 이야기 내용뿐만 아니라
그들의 품새로 미루어 보아
그들 두 사람
삼촌 세조와 조카 단종이었다는 걸 알았지요
둘 다 죽은 뒤
권력을 손에서 완전히 놓게 되자
비로소 삼촌과 조카로
서로 손잡고 일 년에 한두 번은 함께
수타사를 찾는다는 게 놀랍고 놀라웠지요

소림사 주지 스님과 황금 가사

중국 하남성 숭산 소림사 갔더니
강희제가 썼다는
현판 '소림사' 세 글자 말고는
본래면목을 보여주는 게 없었다오

소림사에서는 부처님께
스타벅스 커피를 공양하는지
스타벅스 커피를 팔고 있었지만
스타벅스 커피를 한 잔도 사 마시지 않았다오

미국 MBA 출신이라는
소림사 주지 스님
중국에서 가장 비싼
황금 가사를 입고 다닌다고 했다오

소림사 다녀온 뒤
황금 가사가 도를 먼저 깨칠지
주지 스님이 도를 먼저 깨칠지

그게 몹시도 궁금하다오

도리사 아도화상의 삼천 배

낙동강 동쪽 태조산에 자리 잡고 있는
해동 최초의 가람 도리사
부처님 제 탓입니다 부처님 모두가 제 탓입니다
한밤중 극락전에서 촛불도 켜지 않은 채
아도화상이 부처님께 삼천 배를 올리고 있지요

1교시 언어영역 ○○스님
2교시 수리영역 ○○스님
3교시 외국어영역(영어) ○○스님
4교시 사회/과학/직업탐구 ○○스님
5교시 제2외국어/한문 ○○스님

도리사 스님들이 대입 수능시험
불제자의 자녀들만 특별나게 잘 보게 해 달라고
부처님께 기도를 올린 것은 불제자로서 잘못한 일
이라며
낮에 수능 기도를 올린 바로 그 자리 극락전에서
아도화상이 부처님께 삼천 배를 올리고 있지요

절 이름 도리사도
연년세세 세세연년
도리가 살아 있는 절집을 만들라는
태조산 복숭아나무와 자두나무의 귀띔을 받아
아도화상이 직접 도리사로 지었지요

대입 수능시험이 무엇인지도 모르는 부처님께
불제자의 자녀들만 잘 봐 달라고 기도를 올린 것은
정말 도리가 아니라며
한밤중 캄캄한 극락전에서
아도화상이 부처님께 삼천 배를 올리고 있지요

용문사 안도쇼로安東相老 스님

예천 용문사 주차장 관광버스 두 대가 서더니
보살님들을 내려놓았네
보살님들이 버스에서 내려
옷매무새를 고치더니
법문 잘한다고 소문난 스님의 법문을 들으러 간
다며
잔뜩 기대하고 절집으로 앞서거니 뒤서거니
발걸음을 빨리 옮겨놓았네

그때 마침 스님 한 분이 절집에서 나와
아랫마을로 내려가며 입속말로
"이 절 저 절 무리 지어
부지런히 돌아다닌다고
극락 가는 것 아니여
지옥 무서워할 줄 알고
극락 바랄 줄 알면 불교 공부 잘한 거여" 했네

"이 절 저 절 때 지어

많이 찾아다닌다고
부처되는 거 아니여
누구나 자심慈心을 잘 쓰면
곳곳이 극락이지만
누구나 자심을 잘못 쓰면
걸음걸음이 지옥이여" 했네

듣고 보니 맞는 말이었네
그런데 잠깐 한눈을 파는 사이 그 스님을 놓쳐버
렸네
길가 콩밭 매던 할머니께
그 스님이 어디로 가셨는지 물어봤더니
자기는 그 스님의 속명이 권상로라는 것은 알지만
글쎄 어디로 가셨을까 하며
콩밭 매던 호미로 흰 구름을 가리켰네

흰 구름에 물어보니 흰 구름이 말해주었네
그 스님은 속명 권상로 법명 퇴경退耕 창씨개명하

여 안도쇼로安東相老

소문난 학승답게 법문은 항시 잘하지만

일제강점기 젊은 스님들 일본이 일으킨 전쟁에 참
여해야 하고

성불成佛은 그 전쟁에 나가 이기는 거라 했다고 했네

요즘은 누구나 찾아오면 스스로 몸을 숨겨버리니

시방 그 스님을 찾아봐야 소용없을 거라 했네

제3부 룸비니 보리수나무 아래서 부처를 묻다

룸비니 보리수나무 아래서 부처를 묻다

인도 바라나시에서 새벽 일찍 출발
버스를 타고 온종일 걸려
네팔 국경 출입문에 도착
네팔 입국 비자 받느라고
줄 서서 기다리다가
밤 열 시를 넘겨서야 룸비니 호텔로 와서
뷔페식 한식으로 저녁을 먹었지요
다음 날 아침 일찍 일어나
룸비니 동산을 찾아가
부처님 탄생했다는 보리수나무 아래 가부좌하고
부처님께 물어보았지요
부처님 사람은 모두 부처라고 하셨으니
저도 부처이지요? 맞지요?
부처님 묵묵부답
참! 마야 부인이 부처님을 낳을 때처럼
보리수나무 가지를 잡고
다시 물어봐야지
부처님 사람은 모두 부처라고 하셨으니

저도 부처이지요? 맞지요?
부처님 이번에도 묵묵부답
마침 불어오는 바람
보리수나무 잎들을
살랑살랑 흔들며 일러주었지요
사람이 되어야 부처가 되지
바보야 사람이 먼저지
이 말 나 말고 누가 또 들었을까 봐
순간 내 얼굴이 손대면 손 델 정도로
확확 달아올랐지요

보리암 이성계

임금 자리에 오른 지 여러 해 지나
남해 금산 보리암을 다시 찾은 태조 이성계
관음보살님이 곡우에 덖은 차 한잔 대접했지요
이성계는 보리암에서
남해 금산을 쭉 한 번 둘러보고
자신이 내려준 비단을
여태껏 잘 두르고 있는 걸 보며
잠시 흐뭇해하다가
이내 시무룩한 표정이 되었지요
관음보살님이 무슨 까닭인가 물었지요
이제 와 생각하니
만백성과 산이 둘이 아니고 하나인데
산에만 비단을 내려주고
만백성은 챙기지 못한 게
마음에 걸려 그런다고 했지요
관음보살님은 천수천안으로
이성계의 어깨를 다독이고 마음을 어루만지며
그 마음이 비단이고

그 마음이 부처님 마음이니
만백성에게도 그 마음을 나눠주라고 했지요

경주 남산 진불眞佛

　경주 남산에 가보면 이 골짜기 저 골짜기
　코가 떨어져 나갔거나 입이 떨어져 나갔거나
　귀가 떨어져 나갔거나 팔이 떨어져 나갔거나
　머리, 팔, 코, 입, 귀 모두 떨어져 나간 부처님을 만
날 수 있다

　처음에는 누가 떼어 갔을까?
　이런 나쁜 놈! 부처님의 머리를 떼 가다니!
　이런 무엄한 놈! 부처님의 팔, 코, 입, 귀를 떼 가다니!
　자주 가서 뵈니 그게 아니었다

　머리가 필요한 사람에게 머리
　팔이 필요한 사람에게 팔
　입과 코, 귀가 필요한 사람에게 입과 코, 귀
　부처님이 스스로 떼어주신 것을 알게 되었다

　그 뒤 모두 멀쩡한 부처님은
　가불假佛이 아닐까 하는 의심병이 생겼고

이들 가운데 한둘이 없거나 모두 없는 부처님은
진불眞佛이 아닐까 여기게 되었다

나는 참말로 경주 남산에서 진불을 만났다
그 덕에 저자에서 거리에서 일터에서
남을 위해 자신을 쬐끔이라도 내주는 사람을 만
나면
생불生佛이 아닐까 하며 절로 두 손 모으게 되었다

도량사 구름 버스

구름으로 만든 버스를 타 본 적이 있나요?
바퀴 창 좌석 지붕 모두 구름으로 만든 버스
운전기사도 없이 바람이 몰고 가는 그 버스를 타고
경주 도량사道場寺 다녀왔지요
서울에서 고속열차를 타고 신경주역에 내렸더니
도량사 가는 구름 버스가 미리 와 기다리고 있었
지요

도량사 사복蛇福 부처와 그 어머니 부처
어디서고 모르는 사람이 없지요
두 부처께 속사정을 다 털어놓고
정성을 다해 소원을 빌면
꼭 이루어 준다는 소문이 널리 퍼져
전국 어디서나 신경주역으로 사람들이 몰려들지요

도량사는 신경주역에서 구름 버스만 다니지요
도량사 가려고 왔다가 구름 버스를 보고
콧방귀를 뀌거나 잔뜩 겁먹은 이들은

도량사 못 가고 그냥 돌아가지요

구름 버스를 타고 도량사 가면 원효元曉 스님이 맞아주고

사복 부처와 그 어머니 부처에게 안내도 해 주지요

두 부처 원효 스님에게 불법을 배워

원효 스님보다 먼저 부처가 되었는데

요즘 되레 원효 스님 어서 부처 되라고 힘을 북돋워 준다고 하지요

원효 스님 두 부처께 소원을 빌 때

누구나 말로 하지 말고 마음으로 하라고 하지요

말로 길게 늘어놓아도 절대 들어주지 않는다고 하지요

오어사 원효와 혜공

원효가 오어사 요사채
혜공의 방을 찾아
자신이 쓴 《금강삼매경론》을 보여주며 읽어보라
했네
혜공은 나는 무문자경이나 읽을 줄 알지
문자경은 읽을 줄 모른다며
손사레를 쳤네
원효는 혜공도 이젠
문자경도 읽어야 한다고 하며
《금강삼매경론》을
다시 혜공의 턱밑까지 들이밀었네

원효는 또 혜공에게
얼마 전 자기 손자가
신라 사신으로 일본국에 갔더니
일본국 사람들이
원효의 손자라는 걸 알고
원효가 쓴 《금강삼매경론》을 읽고

원효를 직접 뵙지 못한 것을
깊이 한탄했는데
원효의 손자라도 만나니
더없이 기쁘다고 하더라며 자랑했네

혜공은 원효의 얘기를 듣다가
벌컥 화를 내고
그동안 원효의 법력이
대단한 줄 알았는데
그게 아니구나
그게 아니구나 하며
《금강삼매경론》을
집어 들고는
아궁이로
던져 버렸네

원효가 얼른 아궁이로 가서
《금강삼매경론》을 도로 집어 와서는 혜공에게 한

마디하기를

　혜공은 늘 알음알이가 없는 중생도 득도할 수 있다며

　그깟 알음알이가 무슨 대수냐고 하지만

　알음알이에 끄달려 알음알이를 내려놓지 못하는 중생에게는

　《금강삼매경론》이 득도의 가장 좋은 방편이라 했네

　그러자 혜공이 갑자기 벌떡 일어나

　네가 물고기를 잡아먹고 눈 똥이 내 물고기다 외쳤네

　원효도 뒤질세라 벌떡 일어나

　네가 물고기를 잡아먹고 눈 똥이 내 물고기다 외쳤네

낙산사 원효 대사와 물금댁

어느 해 산불로 타버린 강원도 양양 낙산사
중창 불사가 한창이던 여름
십시일반 시주하러 갔다가
먼 길을 마다하지 않고 시주하기 위해
경주 분황사에서 여러 날 걸어오신 원효 대사를 뵈
었지요

우리나라 절을 거지반 먹여 살린다는
부산 아지매들 할매들
관광버스를 대절해 중창 불사 시주하러 왔다가
원효 대사를 금방 알아보고 각자 스마트폰으로
원효 대사와 같이 사진을 찍겠다고 난리를 피웠
지요

그 난리 통에도 글쎄 부산 자갈치 시장에서
모로코산 수입 갈치를 주로 파는 물금댁
갑자기 장난기가 동해 원효 대사와 사진을 찍는
대신

자기 땀 닦은 손수건 빤 물을
생수병에 담아 원효 대사에게 마시라고 권했지요

원효 대사는 물금댁이 건네준 생수병의 물을
땅바닥에 바로 부어버렸지요
그러자 물금댁이 정색을 하고 원효 대사에게
아직 멀었구마! 한참 멀었구마! 했지요
원효 대사는 물금댁의 말에 얼굴이 금세 홍시가 되
었지요

거조암 영산전 오백 나한

눈이 펑펑 쏟아지는 날
영천 청통 거조암 갔더니
영산전의 오백 나한이 모두 나와
눈사람을 만들고 눈싸움을 했지요
모처럼 신이 나서 어쩔 줄 몰라 했지요

그들 가운데서 인도의 아난존자
신라의 원광 원효 의상 자장
고려의 균여 지눌 경한 나옹
조선의 무학 서산 사명 진묵
근세의 경허 만공 청담 성철을 얼른 알아보았지요

그들은 나와 눈이 마주치자
겸연쩍은지
금방 고개를 숙였지요
그들 모두 온 힘을 다했지만
성불하지 못해서일까?

혹시라도 그들과 눈이 한 번 더 마주칠까 봐
딴 데로 눈길을 주면서
그들뿐 아니라 오백 나한 모두
이제는 더 이상 성불에 끄달리지 말고
부디 해탈하시라고 두 손 모았지요

해인사 백련암 성철 스님과 성^聖 베드로

예수의 수제자로 알려진 성 베드로
몇 해 전 겨울 눈길을 걸어
해인사 백련암 성철 스님을 뵈러
해인사를 찾아왔지요

성철 스님의 시자가 큰스님의 뜻이라며
혼자 온 성 베드로에게
해인사 큰 법당에 들어가
삼천 배부터 먼저 하라고 했지요

성 베드로는 군말 없이
큰 법당에 들어가 삼천 배를 시작했지요
그 사이 성철 스님의 시자는 백련암으로 가서
성철 스님에게 성 베드로가 삼천 배를 하고 있다고
했지요

성철 스님은 성 베드로가 삼천 배를 마치고
백련암으로 오면 성 베드로의 멱살을 잡고 다짜고짜

"얼굴을 통해 나오고 들어가는 무위진인無位眞人을
대어 봐!"

벽력같이 소리를 지르려고 잔뜩 마음먹었지요

성 베드로는 백팔 배만 하고 로마로 돌아가 버렸
지요

아무도 그걸 알려주지 않아서

성철 스님은 백련암 앞마당을 왔다 갔다 하며

겨울이 가고 봄이 다 가도록 성 베드로를 기다렸
지요

도마와 봉암사 스님들

문경 희양산 봉암사가 사월 초파일만
문을 열어준다는 걸
도마는 어떻게 알았을까
도마는 용케도 사월 초파일
봉암사에 들러 스님들과
담소를 나누고 있다

봉암사 스님들이 모두
《도마복음》*을 다 읽었다고 하자
도마는 깜짝 놀라고 있다
스님들이《도마복음》을 읽으며
대목마다 고개를 끄덕였다고 하자
더욱 놀라고 있다
1945년 이집트의 나그함마디에서
우연히 발견되어
다시 세상에 알려진
《도마복음》을 봉암사 스님들도
다 읽어보았다니!

평소 《금강경》을 늘 독송하던 도마는
두어 군데 궁금해
봉암사를 찾으면
스님들께 꼭 한 번 물어보기로 별러왔지만
봉암사에 와서는
정작 물어보지 않고 있다
혼자 읽고 또 읽다 보면
절로 깨칠 날이 있을 건데
구태여 물어볼 게 있느냐며

도마와 봉암사 스님들은
초면인데도
서로 오래 사귄 친구처럼
담소가 끝없이 이어지고 있다

도마가 왔다는 소식을
어디서 들었는지

---

* 도마복음: 1945년 이집트의 나그함마디에서 발굴된 콥트어
문서로 예수의 어록 형식을 띠고 있다. 깨달음을 통해 내가
새사람이 될 수 있다는 것을 강조하고 있다.   127

희양산 새들이 우루루 몰려오고
희양산 계곡의 봄바람도 너도나도
봉암사로 몰려오고 있다
희양산 봄꽃과 나무들마다 새로 돋은 잎들도
종종걸음으로 달려오고 있다

사월 초파일이기도 하지만
평소 적막강산이던
봉암사 경내가
시끌벅적하다

송광사 상춧잎 한 장

순천 송광사 푸른 눈 상좌 스님
지눌知訥 큰스님의 점심 공양을 위해
개울물에 상추를 씻다가
상춧잎 한 장 놓쳐버렸지요
지눌 큰스님 아시면 혼날 줄 알고
푸른 눈 상좌 스님
상춧잎 한 장 건지려고
개울물 따라 십여 리를 달려간 끝에
상춧잎 한 장 도로 건져내어
지눌 큰스님의 점심 공양으로 차려냈지요
지눌 큰스님 다른 것은 드시지 않고
딱 상춧잎 한 장만 드시고
오늘 점심 공양 상춧잎 한 장만으로도
배가 부르구나 하시고는
푸른 눈 상좌 스님에게
상춧잎 한 장이 곧 도道니라
너는 적어도 모래로 밥을 짓지는 않겠구나
너는 이제 도를 깨쳤으니

네 나라로 돌아가서

불법佛法을 전하라고 했지요

푸른 눈 상좌 스님

무슨 말씀인지요 하고 여쭙자

네 공부가 그만하면 됐느니라

그동안 문자경文字經만 열심히 읽는 줄 알았더니

무문자경無文字經도 열심히 읽었구나 하며

네 나라로 돌아가서

불법을 부지런히 행하라고 했지요

구룡사 은행나무 부처님

원주 치악산 구룡사
은행나무 부처님이 계시는 줄은
다들 모르고 있지요
어느 해 가을 석가모니 부처님이 찾아오셔서
은행나무 부처님을 뵙고
나보다 먼저 득도하셨다며
두 손 모았지요
석가모니 부처님은 그날
은행나무 부처님과
몇 말씀 나누어 보시고는
대번에 은행나무 부처님이
부처님이란 걸 알았지요
그 뒤 아무도
은행나무가 부처님이신 줄은 모르고
부처님을 뵙겠다며 찾아와서는
절집 안에서만 찾다가
뵙지 못하고 그냥 돌아가지요
은행나무 부처님은 그저 웃으시지요

건봉사 누에 한용운

금강산 건봉사 산뽕나무
누에 한 마리
산뽕잎을 기어가고 있다

입으로 뽕잎만 삼키고 있는 게 아니다
무어라고 무어라고
말하는 것 같다

귀를 가까이 대고
들어보니
만해 한용운 선사의 목소리다

뽕잎 먹고 명주실 만들어
귀천을 따지지 않고 사람들에게 골고루
그걸 공양하고 싶다고 한다

참선도 어지간히 해 보았고
경도 부지런히 읽어 보고 글도 많이 써 보았지만

이보다 더 좋은 공양이 어디 있겠느냐며

제비원 석불

안동 제비원 석불님 영험함이 나라 안 제일이라
석불님 몸에 백 원짜리 동전을 붙이고
복을 달라고 하면 한 가지 복은 꼭 주신다고 하여
얼마 전 나도 찾아갔지요

내 딴에는 백 원짜리 동전 말고
천 원짜리 종이돈을 석불님 몸에 붙이면
내 바라는 복을 몽땅 주실 것 같아
석불님 몸에 천 원짜리 종이돈을 붙였지요

석불님 몸에 천 원짜리 한 장 붙일 때마다
병 없이 오래 살게 해 주시고
물질적으로도 넉넉하게 해 주시고
나라 안 나라 밖 이름도 뜨르르 나게 해 주시고 했
지요

석불님은 천 원짜리 종이돈에 기분이 좋으셨는지
그때마다 마냥 웃으셨지요

나는 그게 석불님이 내 바람을 들어주시겠다는 뜻
으로 알고
　발걸음 가볍게 돌아오는데 갑자기 무슨 소리가 들
려왔지요

　"무슨 복이든 복은 누구나 스스로 짓는 것이다!"
　"부처님은 이적지 누구에게도 복을 직접 주신 적
이 없느니라!"
　제비원 석불님 가까이 소나무숲에서인지
　제비원 석불님 뒤쪽 하늘에서부터인지 들려왔지요

범어사 난닝구만 입은 노인

여름날 부산 금정산 범어사를 찾아가
대웅전 부처님께 맘먹고
공양도 하고 기도도 하려고
범어사 가는 길을 오르다가
나무숲에서 쉬고 있는 난닝구만 입은 노인을 만나
범어사는 올라가지 않은 채 그냥 돌아왔지요
노인이 내게 말하기를 절에 가 봐야
나무나 청동으로 불상이랍시고 만들어놓고
절하게 하고 기도하게 하지만
다 소용없다고 했지요
요즘 하안거라 스님들이 선방에서 안거 중이니
스님 만나기도 쉽지 않다며 법어 듣고 싶다면
그깟 법어 자기가 해주겠다고 했지요
그러면서 선방에 가부좌하고 앉아 있다고 깨달
으면
앉은뱅이가 가장 먼저 깨달을 거고
선방에 앉아 눈 감고 있다고 깨달으면
심 봉사가 가장 먼저 깨달을 거고

선방에 앉아 면벽 수행한답시고 벽만 쳐다보고 있
으면
벽이 먼저 깨달을 거라고 했지요
누구든지 번뇌가 있어야 깨달음이 있고
절집에서 부처 나지 않고
저잣거리에서 부처 난다고 했지요
이것도 범어사가 맺어준 불연佛緣이라 생각하고
나는 난닝구만 입은 노인의 손을 잡고
절 아래로 내려와
범어사 대웅전 부처님께 공양하려던 돈으로
땡초부추전과 막걸리를
마음껏 사 드렸지요

관룡사 석장승 부부

관룡사 석장승 부부
갈 때마다 찾아뵈어도 늘 금슬이 좋다
어르신 두 분은 서로 얼굴 붉히거나
싸우신 적 없나요?
두 분은 늘 웃음으로 답을 대신한다
석장승 부부 살림살이는 그리 넉넉하지 않은 것
같다
하기야 산속에서만 백년해로하시니
살림살이가 넉넉할 턱이 있겠나

관룡사 석장승 부부
관룡사 들머리 마주 서서
관룡사 찾아오는 사람들에게 묻는다
이 보소, 벗님들아 관룡사 가서 무엇을 할 거냐고
어떤 사람들은 관룡사 부처님께
운수 대통 집안 화목을 부탁드릴 거라고 한다
어떤 사람들은 관룡사 부처님께
수복강녕 부귀 다남을 부탁드릴 거라고 한다

관룡사 석장승 부부
그러잖아도 이 일 저 일로
바쁘신 관룡사 부처님을
우르르 찾아가서 공연히 괴롭히지 말라 한다
그까짓 운수 대통 집안 화목 부처님께 부탁 말고
스스로 힘쓰면 될 일이라 한다
그까짓 수복강녕 부귀 다남 부처님께 부탁 말고
스스로 애쓰면 될 일이라 한다

관룡사 석장승 부부
관룡사 들머리 턱 버티고 서서
관룡사 부처님 만나 뵙겠다고 올라오는 사람들
날마다 관룡사 부처님 만나지 않고 도로 내려가게
하니
관룡사 부처님 심심하고 할 일이 없어
역기를 하루 백팔 번 들고 아령을 하루 삼천 번
든다

그래 관룡사 부처님 몸짱이란 소문 인근에 자자
하다

그래 관룡사 부처님 얼짱이란 소문 인근에 파다
하다

도피안사 궁예 스님과
시베리아 재두루미 가족

북쪽 시베리아에서
철원 도피안사到彼岸寺를 찾아온 재두루미 가족
대적광전 앞마당을 싸리비로 쓸고 있는
한때 태봉국 왕이었던 궁예 스님에게 물었지요
이곳이 피안彼岸이냐고
피안은 더 가야 하느냐고

궁예 스님은 대답 대신
마당을 쓸던 싸리비로
절집 이름 현판을 가리켰지요
재두루미 가족
절집 이름 현판을
뚫어지게 보고 나더니

도피안사라
우리가 피안에 제대로 온 거로구나
우리가 피안에 온 게 맞구나
그리고는 옷매무새를 서로 살펴주더니

대적광전으로 가서
철조비로자나불에게 절을 올렸지요

궁예 스님 싸리비로 마당 쓸기를 그만두고
먼 길을 온 재두루미 가족에게 벼와 보리를 대접했
지요
재두루미 가족 벼와 보리를 먹으며 궁예 스님에게
태봉국 왕 노릇하기와 도피안사 스님 노릇하기
어느 게 더 좋으냐고 물었지요
궁예 스님은 대답 대신 눈을 먼 곳에 두었지요

성주사 무염 선사 설법

나무와 흙과 돌로 지은 집이 없다고
절집이 아니라 말하지 말라
설법이 있는 곳이 곧 절집이네
충남 보령 성주산 성주사를 가보라
나무와 흙과 돌로 된 집이 헐리고 나자
비로소 절집이 절집다워진 것을 알겠네

바람으로 기둥 삼고
햇빛으로 지붕 삼은 절집이
누구든 따뜻하고 포근하게 맞아주네
여러 해 전부터 이곳을
우리나라 사람들보다 중국 사람들이 더 많이 찾아와
절집의 큰 어른 무염 선사의 설법을 청해 듣네

무염 선사는 88세로 888년에 입적했는데
8이라는 숫자를 특히나 좋아하는 중국 사람들이
무염 선사를 극락에서 오시게 하여 설법을 청해
듣네

무염 선사는 중국 사람들에게 설법해 줄 때마다
'공空!' 하고 한 번 외치며
주장자를 쿵! 한 번 치고 법석을 바로 내려오네

무염 선사의 외마디 설법을 듣고
중국 사람들은 모두 한목소리로
'동러懂了!'*, '동러!' 하고 외치며
무염 선사에게 두 손 모으며 고개 숙이네
바람도 무염 선사에게 두 손 모으며 고개 숙이고
햇빛도 무염 선사에게 두 손 모으며 고개 숙이네

* 동러(懂了, dǒngle): 중국어로 알겠어요.

등명낙가사 바닷물고기 떼

얼마 전 강원도 강릉시 강동면 정동진리
등명낙가사 갔다가
그 근처 바닷가에 앉아 잠시 쉴 때
바닷물고기가 떼 지어 몰려와
내게 《삼국유사》를 읽어보았느냐고 했지요
여러 차례 읽어보았다고 했더니
다시 〈진표전간〉을 읽어보았느냐고 했지요
이번에는 내가 대답할 틈을 주지 않고
물고기들이 입 모아 말하기를
일연 스님 탓인지 진표 스님 탓인지 모르겠다만
거기 보면 진표 스님이
강릉의 어느 바닷가에 잠시 머물 때
물고기들이 다리를 놓아
바닷속으로 걸어 들어가
물고기들에게 설법해 주었다고 했다며
그게 사실은 이렇다고 했지요
물고기들과 진표 스님이
서로 설법을 주고받았다고 했지요

물고기들이 설법을 가만히 듣기만 했다는 것은
물고기들을 진표 스님의 아래 두는 처사라고 했
지요
물고기들도 물고기들의 깨달음이 있고
그 깨달음을 기꺼이 함께 나눈다고 했지요
지금이라도 《삼국유사》 그 대목 바로잡을까요 했
더니
어느새 물고기 떼
바닷물 속 깊이 사라졌지요

법흥사 적멸보궁 방석

한여름에 들른 영월 사자산 법흥사
이백 살도 더 먹은 밤나무 보살이
무너져 내린 극락전 빈터를
밤낮으로 지키고 있다가
밤이 익거든 올 것이지
한여름이라 줄 것도 없고
어쩌나 하며
살갑게 맞아주었네

다람쥐 한 마리
적멸보궁으로 올라가는 길을 재촉하기에
밤나무 보살에게 얼른 눈인사하고
다람쥐가 안내하는 길을 따라
적멸보궁으로 올라가니 길옆
금강송 수좌들이 화두를 하나씩 들고
이마에 땀이 주르르 흘러내려도 닦지 않고
입선 삼매에 들어 있었네

다람쥐와 함께
적멸보궁에 들어가 보니
불상 자리에
방석만 놓여 있어 의아했는데
누구라도 성불하면
거기에 앉아 가부좌하라고
부처님이 손수 마련해 주셨다며
다람쥐가 살짝 귀띔해 주었네

구봉사 립스틱 바른 부처님

초여름 직장 선배와 둘이서
도봉산 등산하고 내려오는 길
구봉사를 지나는데 절집 뒤
부처님 입술 립스틱을 발라 유난히 빨갛지요
저기 봐요!
저기 좀 봐요!
저기 부처님 좀 봐요!
여자인가 봐요!
내가 나이에 어울리지 않게
호들갑을 떨자
선배가 점잖게 한마디 하지요
절집에서는
모든 중생이 다 부처가 될 수 있다고 하지
여자면 어떻고 남자면 어떠냐 하지요
구봉사 부처님
우리 얘기를 들으셨는지
무어라고 한마디 해 주시려고
그 빨간 입술을 오물오물하시지요

오후에 한 차례 내린 소나기로
불어난 계곡물 소리에
귀 기울여도 소용이 없지요

보리굴비 드시는 마라난타 스님

지금의 파키스탄 초타라호르 부뚜마을에서
법성포 오신 마라난타 스님
법성포 오셔서
백제에 처음 불교를 전해 주셨다고
백제 사람들만 아니라 요즘 사람들도 다들 고마워
하네

내가 보기에는 마라난타 스님
끼니마다 찬물에 밥 말아 보리굴비 드시고
별식 생각이 날 땐 모시송편 드시고 싶어
법성포 오신 것 같네
불교는 덤으로 전해 주신 것 같네

내가 법성포 갈 때마다
꼭 보리굴비 식당에서
찬물에 밥 말아 보리굴비 드시고
모시송편도 한입에 두 개씩 넣어 드시는
마라난타 스님을 뵙게 되네

마라난타 스님 모시송편 드시는 것은 그렇다 치고
보리굴비 드시는 것은 못마땅해
불살생계를 어겨도 되느냐고 시비조로 물었더니
마라난타 스님 자기는 산 조기 먹은 적 없고
죽은 보리굴비만 먹으니 불살생계를 어기는 게 아
니라 하네

이곳에서 지내는 게 좋아
고향 파키스탄 초타라호르 부뚜마을로 영영 돌아
가고 싶지 않지만
조기철이면 칠산 바다에서
조기들이 새벽부터 울어대는 통에
새벽 예불을 제대로 올릴 수 없어 속상하다고 하네

영국사 은행나무

천태산은 충북의 설악이라고 하고
영국사는 고려시대 천태종의 본산이었다는데
천태산 영국사 은행나무 은행잎 샛노랗게 물들면
부처님도 꼭 한 번
들러주시겠다고 약속하셨지요

지난 가을 영국사 은행나무
은행잎 샛노랗게 물들여놓았다고
직접 연락해 주어 찾아갔더니만
부처님도 연락받으시고
몇 걸음 앞에서 걸어가셨지요

용추폭포를 지나시다가는
스마트폰으로
사진도 몇 장 찍으시고
은행나무 아래 이르시더니
한참 동안 가부좌하셨지요

영국사를 한 바퀴 둘러보시고
은행나무로 내려오셔서
다시 가부좌하시고는
부다가야 보리수나무 아래서 한 소식 얻은 것처럼
여기서도 금세 한 소식 얻을 것 같다고 하셨지요

구채구 물부처

중국 사천성 성도에서
버스를 열 시간 넘게 타고 구채구 가서
마니차를 돌리고 있는 물을 보았네

물도 발심 성불하고 싶은 걸까
마니차를 쉬지 않고 돌리며
묵언 정진하고 있었네

구채구 물을 보고 나면
세상 다른 물은 볼 것도 없다더니
이것 하나만 보아도 과연 그러했네

구채구를 모두 둘러보고
돌아 나올 때
나는 마니차를 돌리고 있는 물에게 한 번 더 가서

언제 구채구에 다시 오랴 싶어
미리 물부처님하고 불러드리니

마니차를 돌리던 물도 내게 무어라고 했네

귀 기울여 들어보니
또렷한 한국말로 연거푸
당신도 꼭 성불하세요 당신도 꼭 성불하세요 했네

선암사 선암매 아래 가부좌하고 있는
고타마 싯다르타

통도사 자장매 단속사 정당매 백양사 고불매는
그동안 여러 차례 보았어도
선암사 선암매는 한 번도 보지 못해
선암매를 보려고 선암사에 들렀다가
선암매 아래 가부좌하고 있는
고타마 싯다르타를 보았지요
어떻게 여기서 수행 정진하고 계시느냐고 했더니
결혼해 아들까지 있는 사람을
선암사가 탓하지 않고 받아주어서라고 했지요
인도 부다가야에서 보리수나무 아래 가부좌하고
돈오頓悟를 한 적이 있지만
점수漸修가 필요해 선암매 아래
가부좌하고 있다고 했지요
해마다 선암매가 피고 지는 걸 보며
묵언 정진하다 보면 절로 점수가 된다고 했지요
선암매 한 번 보려고 선암사에 갔다가
선암매는 아직 일러 보지 못했지만
전혀 섭섭하지 않았지요

나는 고타마 싯다르타와 헤어질 때
한 소식 얻으면 개평으로
나도 한 소식 얻게 해달라고 웃으며 부탁했지요
고타마 싯다르타는 고개를 끄덕끄덕했지요

화암사 바위 보살

강원도 고성 화암사 가 보셨나요?
법당에서 보면 앞에
바위 보살이 꿈쩍하지 않고 가부좌하고 있지요
언젠가 바위 보살에게 물어보았지요
바위 보살님, 왜 거기 계셔요?
바위 보살이 내게 말했지요
산마루에서 화암사 앞 바다를 보며 지내다가
하루는 바다로 가고 싶어
산 아래로 걸어 내려오는데
화암사 법당 앞에서
부처님과 마주쳤다고 했지요
부처님이 바위 보살에게
너는 지금 어디로 가느냐?
네가 머무는 곳에서 주인이 되어야지!
바위 보살은 부처님 말씀 듣고
그때부터 그 자리에 눌러앉아
날마다 독경하고 참선한다고 했지요
화암사 앞 바다가 밤낮 손짓해 불러도
바위 보살은 흔들리지 않는다고 했지요

직지사 부처나비

직지사 대웅전에서 부처님께 참배하고
산중다실에서 차 한 잔 마시면서 건너편을 바라
보니
언제 왔는지 숲 그늘에서
나비 박사 석주명
부처나비와 얘기를 나누고 있었네

무슨 얘기를 나누고 있나 가까이 가보니
꽃잎에 앉아 막 참선에 들어가려던
부처나비를 놀리고 있었네
경전 한 줄 읽은 게 없고 참선도 제대로 한 적이 없
는데
당신 이름 부처나비라니 좀 지나치지 않소 했네

부처나비가 그 말을 받아
이보시오 나비 박사 석주명 당신과 당신 친구들
내 이름을 '고타마'라 붙여놓았잖소
그 바람에 내가 부처나비로 불리고 있는 것 아니오

당신들 장난 너무 심하지 않았소 했네

　나비 박사 석주명 무어라고 둘러대려는데
　부처나비 손을 저으며 난 이제 당신들 원망하지
않소
　내 이름에 어울리게 진짜 부처가 되기 위해 날마다
애쓰오
　오늘 이곳에서 직지심체直指心體*를 얻기 위해 날
마다 힘쓰고 있소
　앞으론 당신들 마음 놓고 날 부처나비라 부르시오
했네

* 직지심체直指心體: 사람이 마음을 바르게 깨달을
때 그 심성이 바로 부처의 실체라는 뜻.

백양사 단풍 구경

어느 해 장성 백양사 단풍 구경 갔다가
단풍 구경 대신 별 희한한 걸 보았지요
흰 양 세 마리 백양사 만암 스님
상좌가 되겠다며 찾아왔지요
만암 스님이 중 승僧 자 한 글자를
해서楷書로 크게 써서
흰 양 세 마리에게 각각 한 장씩 주고는
무슨 뜻인지 말해 보라 했지요
흰 양 세 마리 그걸 받자마자
사람 인人 일찍 증曾
합치면 중 승僧이라
사람이 먼저 되어야 중이 될 수 있다는 뜻
저희가 중이 되려면 먼저 사람부터 되라는 말씀
하지만 저희 소견으로는 중이 되고 사람이 되지
사람이 되고 중이냐며
사람 노릇 잘하고 싶어 중이 되려고 하니
상좌로 꼭 받아달라고 했지요
그러기 전에는 절대로 돌아가지 않겠다며

꿈쩍 않고 있었지요
그 모습을 내내 지켜보느라
그해 단풍 구경은 그만두었지요

맥적산 석굴

중국 감숙성 맥적산 석굴 부처님을 찾아뵈려던 날
천수의 호텔에서
아침 일찍 출발하자마자
비가 내리기 시작하더니
절반도 못 가서 빗줄기가 거세졌네
할 수 없이 버스를 돌려 난주로 향했네

그 바람에 버스 안에서
맥적산 석굴 부처님을 찾아뵙지 못한 서운함을
얼굴에서 내내 지우지 못하고 있는데
내 옆자리 경주에서 오셨다는
올해 일흔다섯 일심 보살
그동안 별말이 없다가 말문을 열었네

우리가 부처로 살믄 우리가 부처지요
나는 콩밭 매고 고추 딸 때도
묵언수행이 절로 됩디다
꼭 절집에 가야만 부처를 만날 수 있는 건 아니잖

아요

　맥적산 석굴 부처님 찾아뵙지 못했다고

　너무 서운해하지 마소 했네

　그러면서 배낭에서 소주병을 꺼내 내게 석 잔을 거
푸 따라 주었네

　그리고는 보소 보소 우리 대감님 소주 석 잔 마시고

　우와! 얼굴이 아침 햇살을 받은 경주 토함산 석굴
암 대불 같구마

　소주 드신 우리 부처님! 법보시도 좋고 재보시도
좋고

　우짜든동 한 사람도 빼묵지 말고 골고리 논구어주
소 하더니

　삶은 달걀 껍데기 까서 내 입에 넣어주며 소주 한
잔 더 권했네

비파암 가는 길

신라 효소왕이 시녀 한 명만 데리고
경주 남산을 오르고 있었지요
효소왕이 먼저 내게 어딜 가느냐고 물었지요
진신 석가를 친견하러 비파암으로 가고 있다고 했
지요
효소왕은 진신 석가가 비파암에 계신 줄
어떻게 알았느냐고 했지요
효소왕이 지난번 낙성회를 열 때
나도 그 자리에 있었다고 했지요
그때 효소왕이 몸소 공양하고 나자
누추한 차림의 스님이 뜰에 서서 청하기를
소승도 재에 참여하길 원한다고 했지요
재가 끝날 무렵 효소왕이
그 스님에게 어디 사느냐고 물으니
그 스님이 남산 비파암에 산다고 했지요
효소왕이 놀리는 투로 그 스님에게 어딜 가든지
국왕이 직접 불공을 드리는 재에 참여했다고 말하
지 말라고 했지요

그 스님도 효소왕에게 말하기를 다른 사람에게
진신 석가를 친견하고 공양까지 했다고 말하지 말
라고 했지요

그리고는 구름을 불러 내려오게 해 그걸 타고 하늘
로 올라갔다 했지요

효소왕은 내 말을 다 듣고 나더니 머리를 긁적이며
진신 석가를 한 번 더 친견해 보고 싶어
시녀 한 명만 데리고 남몰래 궁에서 나와
비파암으로 가고 있다고 했지요

효소왕이 한눈파는 사이 시녀가 내게 귓속말로
진신 석가는 한 사람이 아니라며
비파암 스님만 어찌 진신 석가이겠는가?
사람마다 자기 안에 진신 석가가 있는데
자기 안에 있는 진신 석가는 왜 친견하지 않느냐고
했지요

나는 시녀의 말을 듣고 속으로 무척 놀라
진신 석가를 친견하려고 비파암으로 가는 게 부끄
러웠지요

해설

가르치지 않는 불교시─佛敎則不敎

정천구(부산대 학술연구 교수)

    윤동재 시인이 새로 한 묶음의 시를 내놓았다. '절집 몽유기행시(夢遊紀行詩)'라는 간판을 내걸고서 짓고 모아두었던 시들이다. 곳곳의 절집을 여행하면서 보고 느끼고 생각한 바를 시로써 표현했다는 말인데, '몽유'라 한 점이 특이하다. 현실의 절집에 갔으면서 꿈에서 노닌 듯이 표현했다? 이는 자신이 경험한 바를 있는 그대로 묘사하는 데서 그치지 않고 상상을 보태 풀어낸 것임을 의미한다.

    윤동재 시인은 늘 자신의 경험을 바탕으로 시를 쓰되, 맘껏 상상력을 발휘해서 이야기를 들려주듯이 시를 썼다. 일종의 '이야기시'다. 이제는 시골에 가더라도 듣기 어려운 옛이야기 같은 시다. 그래서 늘 쉽고 재미있다. 그러면서도 잔잔하게 가슴을 울리기도

하고 때로는 죽비처럼 나의 뇌리를 내리치기도 한다. 이 시집의 시들도 대부분 그러하다. 다만, 이번에는 절집을 돌아다니며 지은 기행시여서 그 내용이 불교(佛敎)와 깊은 관련이 있다.

불교라고 하니, 무슨 심오하고 난해한 철학을 펼친 것처럼 들릴 수도 있다. 전혀 그렇지 않다. 난해한 시라면 경기(?)를 일으키는 시인이 구태여 그런 시를 쓸 리 없거니와 '이야기시'답지도 않게 된다. 오히려 쉽고 재미가 있어서 무슨 이치나 철학이란 게 있기는 한가 싶을 정도다. 슬그머니, 넌지시, 살포시 일깨워주고 있어 놓치기 십상이다. 그러다 문득, 묘하게도 불교인 듯 아닌 듯한 이치가, 붓다의 가르침인 듯 아닌 듯한 가르침이 있음을 알아채게 된다. 그게 또 시인의 깨침인 듯도 하고 그가 만난 이들의 깨침인 듯도 하다. 여러 모로 알쏭달쏭한데, 그래서 '몽유'인 듯도 하다.

사람은 다 부처다

불자든 아니든 절집에 가면 반드시 대웅전을 기웃거리고, 대웅전에 앉아 계신 부처님을 뵈면 두 손 모아 절을 한다. 왜 그럴까? 절 입구에서 우리를 맞이하는 사천왕의 우악스런 모습, 웅장한 전각들과 그 안의 갖가지 부처님 형상, 전각의 기둥마다 새겨진 한자로 된 시구들, 좁쌀 떨어지는 소리도 소음처럼 들릴 듯한 차분하고 조용한 분위기 따위 때문일까?

보이는 것들이 전부는 아닐 것이다. 절집 곳곳에 배어 있는 부처님 가르침을 저도 모르게 느끼고 있어서일 것이다. 실제로 부처님의 가르침은 꼭 문자나 소리로만 되어 있는 것도 아니고, 특정한 꼴이나 색으로 고정되어 있지도 않다. 일즉다(一卽多)요 다즉일(多卽一)이라 한 그대로다. 그래서 쉽사리 알아채지 못하고, 고작 '저도 모르게' 느끼는 데서 그친다. 그 때문인지 부처님의 가르침을 스님네들만 알고 있으리라 여기고 스님의 법문에만 귀를 기울이는 지도 모른다. 그런데 윤동재 시인은 딴 이야기를 들려준다.

흥미롭게도 시인은 이 시집에서 첫 번째 시로〈절집〉을 두었다. 이 절집 같은 시집의 성격이 어떠한지, 시인이 무얼 말하려는지 가늠하기에 적합한 작품이라 생각된다.

경주 할매 지팡이 짚고
저녁마다 우리 집에 놀러 와

우리 할매와 얘기하다
절집 이야기만 나오면
신명이 나지요 신바람이 나지요

경기도 어느 절에 갔더니 밥이 맛있더라
강원도 어느 절에 갔더니 김치가 맛있더라
경상도 어느 절에 갔더니 된장이 맛있더라
전라도 어느 절에 갔더니 콩나물이 맛있더라
충청도 어느 절에 갔더니 물맛이 좋더라

경주 할매 60년 동안 전국 절집을
하나 빠뜨리지 않고
다 다녀보았다는데
신기하게도
부처님 말씀이나 스님네 법문 이야기는 안 하지요

경주 할매 좋은 말씀 좋은 이야기는
차고 넘치는데
그런 거 몰라도
오손도손 잘 살면
그게 제일이라 하지요

_〈절집〉

경주 할매라 했으나, 이런 할매는 전국 어디에나 있다. 우리 할매면서 그대의 할매다. 이런 할매가 전국의 절집을 순례하며 절집들을 먹여 살린다. 그래서인지 주지나 승려들도, 할매 가족들도 할매가 절집 살림만 보태주는 줄로만 안다. 그러거나 말거나 할매들은 할매들 나름으로 공부하고 철학한다.

　위 시의 첫째 연을 보라. 경주 할매는 절집 이야기만 나오면 신명이 나고 신바람이 난다고 했다. 절집은 다 같은 절집일 텐데, 허구한 날 하는 이야기가 절집 이야기일 텐데, 신명이 나고 신바람이 난다고? 경주 할매는 안다. 절집이라고 다 같은 절집이 아니라는 것을. 절집마다 풍경이 다르고 대웅전도 다르고 불상도 다르고 스님도 다르다는 것을 느끼고 안다. 절집을 찾을 때마다 다른 색깔을 보고 다른 멋을 느꼈고, 그 느낌을 할매는 맛으로 표현했다. 밥맛, 김치맛, 된장맛, 콩나물맛, 물맛!

　셋째 연에서 시인은 경주 할매가 '신기하게도' 부처님 말씀이나 스님네 법문 이야기는 하지 않는다고 했다. 이 '신기하게도'는 중의적이다. 전국의 절집을 다 다니며 분명히 부처님 말씀이나 스님네 법문을 들었을 할매가 전혀 그런 이야기를 하지 않은 사실이 신기하다는 뜻이면서 그 말씀이나 법문이 음식에 녹아 있어 맛으로 느낄 줄 알았다는 사실이 신기하다는 뜻이기도 하다. 한 걸음 더 나아가면, 이렇게 풀이할 수 있다. 흔히 할매를 불교의 이치에 대해서는 알려고도 하지 않고 알 수도 없는 무지한 중생이라 여기는데, 실제로 할매는 절집마다 똑같아 보이는 공양에 그 심오하고 미묘하다는 이치가 온갖 맛으로 녹아 들어 있음을 느끼고 안다. 그래서 할매는 부처나 보살의 화신이나 다름이 없어 신기하다는 말이다. 이걸 어찌 아느냐고? 넷째 연에서 할매가 교리니 이치니 "그런 거 몰라도" "오손도손 잘 살면 그게 제일"이라고 말했으니까.

대개 할매를 비롯해 여성 불자들을 보살이라 부르는데, 듣기 좋으라고 그렇게 부르는 것 같다. 실제로 그들이 보살이라 여기는 이는 드문 것 같다. 그런데 그들 가운데는 실제로 보살인 분들이 적지 않다. 다만, 경주 할매처럼 평범한 모습으로 소박한 언행을 보여주기 때문에 눈 밝은 이가 아니면 알아보기 어렵다. 부처의 눈에는 부처가 보이고 돼지의 눈에는 돼지가 보인다고 했으니, 경주 할매가 보살로 보인 것은 시인 자신이 보살이어서가 아닐까? 누구에게나 불성(佛性)이 있다는 말이 시인과 경주 할매를 통해 생생하게 느껴진다.

> 그러자 나이가 좀 더 지긋이 들어 보이는 보살님
> 야야, 니는 암것도 모리고
> 택도 없는 소리 하지 마라
> 부처님은 우야든동 덩치가 커야제
> 덩치가 커야 힘이 세고
> 우리 겉은 중생들을 위해
> 힘껏 일해 주시제
> 부처님 덩치가 작아 봐라
> 힘이 없어 무씬 일을 하시겠노
>
> _〈관촉사 은진미륵님〉 일부

> 사월 초파일 석가탄신일
> 도봉산 만장봉으로 올라가려고
> 오이 천 원어치 샀더니
> 오이 파는 아주머니
> …
> 오늘 절밥은
> 천축사에서 주는 게 아니고
> 부처님이 주시는 거니까
> 얻어먹어도 된다 하네

은진미륵은 논산의 관촉사에 있는 석조로 된 입상이다. 높이가 18m나 되는 아주 거대한 석불이어서 덩치가 매우 큰데, 머리가 절반쯤 차지하고 몸매는 볼품이 없다. 외모로만 보면 석굴암의 본존불이나 금동미륵반가사유상에는 턱없이 못 미친다. 멀리 경상도에서 온 젊은 보살님이 실망도 할 만하다. 그런데 나이 지긋한 보살님, 경주 할매 같은 보살님이 슬쩍 한마디 건넨다. 부처님은 모름지기 세상의 모든 중생을 위해 이 땅에 오셨기에 할 일이 많고, 할 일이 많으니 힘이 세야 하고, 힘이 세려면 덩치가 커야 한다고 말이다. 은진미륵님도 맞장구치신다고 시인이 전한다. "은진미륵님 입이 찢어지네 … 귀밑까지 찢어지네"라며. 나이 지긋한 보살님은 은진미륵을 눈으로 보지 않고 마음으로 본 게 분명하다. 그래서 은진미륵에게 몸매보다 덩치를 준 석공의 마음뿐 아니라 부처님의 존재 이유까지 꿰뚫어볼 수 있었던 것이리라.

〈절밥〉에서는 할매가 아닌 아주머니가 나온다. 산행하는 이들에게 오이를 파는 아주머니다. 시인에게 천축사에 들러 꼭 절밥을 먹으라 한다. 시인이 무슨 염치로 얻어 먹느냐 하자, 아주머니는 절밥은 절에서 주는 게 아니고 부처님이 주시는 거라 한다. 참으로 부처님이 주시는 걸까? 나이 지긋한 공양주 보살들이 주는 것 아닌가? 그렇다. 그들이 준다. 그래서 부처님이 주신다는 거다. 그들이 바로 부처님이니까. 아니, 그들이야말로 진짜 부처님이다. 부처라는 아상(我相)이 없이 절집을 찾는 누구에게나 밥을 먹이지 않는가. 그러고 보니, 그걸 아는 아주머니도 부처님이다. 이 말이 억지스럽게 여겨진다면, 순창 만일사에 오신 부처님 말씀 한 번 들어보라.

> 부처님 만일사 절집 식구들에게 늘 해주시는 말씀
> 불법은 잘 담근 고추장 맛이라며
> 고추장 잘 담그는 것이 면벽 정진과 다르지 않으니
> 고추장 잘 담그는 법을 터득하면
> 누구나 절로 득도할 수 있다고 하시네
> _〈만일사 고추장 불보살〉 제3연

부처님은 절집 식구들에게 고추장 잘 담그는 게 면벽 정진과 다르지 않다고, 고추장 잘 담그는 법을 터득하면 득도할 수 있다고 말씀하신다. "불법은 어디에나 있다"는 가르침의 새로운 버전이다. 어디 고추장 담그는 것뿐이랴. 옷 짓고 빨래하는 일, 마당 쓸고 물 긷는 일도 모두 수행이다. 잘 알고 잘 해내면 그게 득도다. 그렇다면, 절집에서뿐 아니라 속가에서도 맡은 일을 잘 하면 그게 수행이고, 그런 수행이 쌓이고 쌓이면 득도에 이를 것이다. 결국, 출가자든 재가자든, 스님이든 속인이든 그가 가는 길이 불도(佛道)다. 《화엄경》에서 "마음과 부처와 중생, 이 셋에는 차별이 없다"고 한 것처럼 마음 하나에서 나뉠 뿐이다.

초목도 부처다

동아시아의 승려들과 불자들이 가장 널리 필사하고 또 읽어 온 경전은 《법화경》이다. "모든 중생은 성불할 수 있다"는 것이 이 경전의 핵심이다. 그런데 《법화경》을 비롯해 모든 경전에서 말하는 중생은 대체로 사람을 가리킨다. 유정(有情)이라는 말로도 표현하듯이 "인식하는 존재, 인식이 있는 존재"를 뜻하는 말이었으므로 당연해 보인다. 그러나 과연 그러한가? 짐승은 인식이 없나?

선가(禪家)에 전하는 유명한 이야기가 있다. 어떤 중이 조주(趙州) 선사에게 물었다. "개에게도 불성이 있습니까?" 조주 선사가 말했다. "없다!"

조주의 '없다'는 상대를 막다른 길로 내몰고 충격을 주려는 방편이다. 그래서 화두로 삼았는데, 이제는 닳고닳아 별 효과가 없다. 그냥 차분하게 생각하는 게 낫다. 개에게도 불성이 있을까? 당연히 있다. 사람이 죽어 갖가지 꼴을 하며 생사를 거듭한다는 육도(六道)의 하나가 '축생(畜生)' 아닌가? 사람이 축생이 되고 축생이 사람이 된다면, 사람에게 있는 불성이 축생에게도 당연히 있지 않은가?

이제 문제는 짐승이 아니다. 초목이다. "감나무에게 불성이 있는가?" "찔레꽃에 불성이 있는가?" "중생에 초목도 포함되는가?"

> 한글대장경 읽는 각시붓꽃을 보셨나요?
> 매달 첫 월요일 봉선사를 가보세요
> 봉선사 큰법당 운허 스님 월운 스님과 함께
> 한글대장경을 읽고 있는
> 각시붓꽃을 볼 수 있지요
>
> 어느 날 각시붓꽃
> 봉선사를 찾아가서
> 운허 스님과 월운 스님에게 대뜸 묻기를

우리는 중생인가요? 아닌가요?
두 스님 당연히 중생이라고 했지요

그러자 각시붓꽃 중생인 우리도 부처님 같이 될 수
있도록
한글대장경을 가르쳐달라고 했지요
그 뒤부터 운허 스님과 월운 스님
매달 첫 월요일 봉선사 큰법당에서
각시붓꽃에게 한글대장경을 가르쳐주고 있지요

부처님도 그걸 알고 찾아오셔서
그 광경을 보시고는 흐뭇해하시지요
매달 첫 월요일 봉선사 큰법당에 가면
한글대장경 읽는 각시붓꽃도 보고
덤으로 부처님을 뵐 수 있지요
_〈봉선사 각시붓꽃〉

매달 첫 월요일에 남양주 봉선사에 가면 한글대장
경을 읽는 각시붓꽃을 볼 수 있단다. 참으로 기이하
고 경이로운 광경이다. 각시붓꽃이 한글대장경을 읽
게 된 것은 어쩌다 봉선사에 뿌리를 내린 덕분이 아
니다. 전생의 업보 때문도 아니다. 둘째 연에서 볼 수 있듯이, 각시붓꽃이 스스로 "우리는 중생인가, 아닌가?"라는 의문을 가진 데서 시작된 일이다. 스스로 발심했다는 말이다.

화사하게 피었다가 지는 꽃을 보고 사람들은 인생무상(人生無常)을 느낀다. 그 꽃이 자신의 무상함, '화생무상(花生無常)'을 느끼는지는 꿈에도 모른 채 말이다. 그래서 시인이 각시붓꽃을 내세워 꽃도 유정물(有情物)이어서 사람과 마찬가지로 느끼고 알려고 한다는 사실을, 나아가 자각해서 발심까지 한다는 사실을 알려주었다. 각시붓꽃은 운허와 월운 두 스님에게 물었다. "우리 꽃은 중생인가요? 아닌가요?"

"개에게도 불성이 있습니까?"라는 하나 마나 한 물음 따위와는 견줄 수 없다. 왜냐하면 개가 그 물음을 던지지 않았으니까. 그런데 여기서는 각시붓꽃이 스스로 물음을 던졌다. "우리 꽃에게도 불성이 있습니까?"라고. 이 정도는 되어야 화두(話頭)가 된다. 이야말로 참된 화두(花頭)다! 운허와 월운이 "꽃도 중생이다"라고 하자, 각시붓꽃은 곧바로 한글대장경을 가르쳐달라 졸랐고, 두 스님은 기꺼이 가르쳐주었다. 그 광경을 보시던 부처님도 흐뭇해하셨다.

아직도 "개에게도 불성이 있습니까?"를 화두로 여기는 이가 있다면, 각시붓꽃에게 물어보라. "꽃에게

불성이 있는가?" 각시붓꽃은 그저 다소곳하게 앉은
채 웃음을 슬며시 띄우리라.

우리나라 구절초는 모두
영평사 부처님 무릎 아래 모여
부처님 말씀
한 마디도 빠트리지 않고 듣고 있었네
_〈영평사 구절초〉 제3연

여름날 부여 만수산 무량사 가시거든
만수산에 가부좌하고 계시는
더덕 부처님이 당신에게
온 정성으로 바치는
향 공양을 물리치지 마시오

당신이 무량사 극락전에 들어가
아미타불 관세음보살 대세지보살의
법공양을 받고 있노라면
만수산에 가부좌하고 계시는
더덕 부처님도 당신에게 틀림없이 향 공양을 바칠
것이오
_〈무량사 향 공양〉 제2-3연

절집에 가 본 적 있는 사람이라면 누구나 다 알 수 있으나 생각해 본 적 없는 사실이 있다. 꽃이 없는 절집, 풀이 없는 절집, 나무가 없는 절집은 없다는 것! 절집마다 전각이 있고 불상이 있고 탑이 있듯이 꽃이 있고 풀이 있고 나무가 있다. 절집마다 형태가 다르고 배치가 다르듯이 거기에 머물고 있는 꽃이나 풀, 나무도 각양각색이다. 그러나 그 모두 봉선사의 각시붓꽃처럼 발심도 하고 수행도 하며 득도하기도 한다. 우리가 아상(我相)이나 인상(人相) 따위에 매여 있어 전혀 보지를 못했을 따름이다. 그런데 시인은 보았다.

　사람들은 가을이면 영평사에 달려간다. 영평사 부처님을 뵈러 가는 것도 아니고, 스님의 법문을 들으러 가는 것도 아니다. 꽃을 피우는 구절초를 보러 간다. 그리고 구절초만 보고, 아니 그 꽃만 보고 돌아온다. 구절초가 꽃만 피우는 풀이 아닌 줄은 모른 채. 구절초가 부처님 무릎 아래 앉아 그 말씀을 한 마디도 빠트리지 않고 들었음을 스스로 인증한 것이 꽃이라는 사실은 모른 채. 그러니 구절초의 꽃에서 법의 향기가 나는 줄을 어찌 알랴! 시인만 그 향기를 맡은 듯하다.

시인은 부여 만수산 무량사에서는 더덕 부처님을 뵈었다. 여느 부처님과 달리 더덕 부처님은 법을 주기보다는 향을 주는 부처님인 줄 알아챘다. 사람들은 부처님을 너무 높게 떠받드는 까닭에 부처님이 향을 받기만 하는 존재인 줄 안다. 부처님도 저 낮은 자리에서 향을 대중에게 공양한다는 사실은 칠통(漆桶)같이 모른다. 극락전의 아미타불, 관세음보살, 대세지보살만 부처요 보살인 줄 알고, 향 좋고 맛 좋은 더덕이 부처님 화신인 줄은 꿈에도 모른다.

예부터 사람들은 "화향백리(花香百里), 인향만리(人香萬里)"라고 하면서 꽃보다 사람이 훨씬 대단한 존재인 듯이 말했다. 참 허망한 말이다. 실상과 어긋나서가 아니다. 꽃의 향기가 고작 백 리를 간다고 해도 그런 향기를 피우지 못하는 꽃은 없다. 반면에 사람의 향기는 만 리나 간다지만, 그런 향을 피울 줄 아는 사람이 거의 없다. 그런 지경이니, 더덕 부처님의 향 공양을 짐작이나 할 수 있겠는가? 그래서 시인은 나서서 당부하고 있다. 더덕 부처님이 틀림없이 향 공양을 바칠 것이니, 물리치지 마시오!

삼동 내내
묵언 정진하던 돌배나무

늦봄이 되어서야

은은히 피워 올린 하얀 미소

한 번 보면 힘을 얻고

두 번 보면 희망을 얻고

세 번 보면 보리를 얻는다며

문수동자는

예까지 힘들여 왔으니

모두들 많이 보고 가라고 하지요

_〈상원사 돌배나무〉 후반부

　뜰에서 한겨울 내내 추위를 이겨낸 돌배나무는 묵언 수행을 훌륭하게 해낸 덕분에 보기만 해도 힘을 얻고 희망을 가지며 보리도 얻게 해주는 미소를 띠게 되었다고 한다. 그 미소는 붓다가 꽃을 들어 보이자 가섭이 지어 보였다는 염화미소(拈花微笑)와 전혀 다를 바 없다. 혹시라도 의심할 이가 있을까 봐 문수전의 문수동자가 나서서 인증(認證)하고 광고(廣告)까지 하고 있다. 부처님 무릎 아래서 구절초가 금쪽같은 부처님 말씀을 하나도 놓치지 않으려 한 것도 이런 돌배나무의 경지에 이르고 싶어서였을 것이다.

네가 스님이냐? 네가 사람이냐?

"개에게도 불성이 있습니까?"라고 물은 중은 도대체 무슨 생각으로 그런 물음을 던진 것일까? 자신이 개도 아닌데, 왜 개에게 불성이 있는지 궁금해했을까? 개에게 불성이 있든 없든, 그게 자신과 무슨 상관이 있단 말인가? 나에게는 불성이 있다는 확신이 들어서인가? 아니면, 크나큰 자비심이 일어서인가? 이유가 어찌되었든 물음은 처음부터 글렀다. 그러니 조주가 "없다"고 했든 "있다"고 했든 그것도 다 헛소리다!

> 성철 스님은 성 베드로가 삼천 배를 마치고
> 백련암으로 오면 성 베드로의 멱살을 잡고 다짜고짜
> "얼굴을 통해 나오고 들어가는 무위진인無位眞人을 대어 봐!"
> 벽력같이 소리를 지르려고 잔뜩 마음먹었지요

> 성 베드로는 백팔 배만 하고 로마로 돌아가 버렸지요
> 아무도 그걸 알려주지 않아서
> 성철 스님은 백련암 앞마당을 왔다 갔다 하며

겨울이 가고 봄이 다 가도록 성 베드로를 기다렸

지요

_〈해인사 백련암 성철 스님과 성聖 베드로〉 제4·5연

성철은 20세기 한국의 대표적인 선승이다. "산은
산이요 물은 물이로다"라는 법어를 불자가 아닌 속
인들, 심지어 기독교 교인들조차 들먹이는 유행어로
만든 선승이다. 당연히 화두를 들고 한 소식 했으리
라 여겨진다. 그 성철 스님이 해인사 백련암에 있을
때다. 성 베드로가 저 옛날 달마처럼 서쪽에서 동쪽
으로 성철 스님을 만나러 왔다. 시자는 큰스님 뜻이
라며 삼천배부터 해야 한다고 했고, 성 베드로는 군
말 없이 그렇게 했다. 그 소식을 들은 성철 스님이 선
종 특유의 일갈(一喝)을 하려고 잔뜩 벼르며 기다렸
다. 그런데 성 베드로는 백팔배만 하고 로마로 돌아
가 버렸다. 성철 스님은 그것도 모르고 겨울이 가고
봄이 다 가도록 백련암 앞마당을 서성이며 성 베드
로를 기다리고 있었다 한다.

당나라 때 선종이 모습을 드러낼 때, 선승들의 말
과 행동은 괴이하다고 할 정도로 파격적이었다. 그
러나 그 파격은 경전이라는 문자의 감옥에 갇혀서
헤매는 학승들을 해방시키기 위한 방편일 따름이었

다. 그 방편을 잘 활용한 덕분에 선종이 정통으로 자리잡고 선승들이 불교계를 주도했는데, 세월이 흐르면서 그 방편은 정형화되어 버렸다. 그 신선하던 문답과 어록, 기행(奇行)들도 진부(陳腐)해지다가 형해(形骸)가 되었는데, 다짜고짜 상대의 멱살을 잡고 "무위진인을 대어 봐!"라고 외치거나 "나를 보려거든 삼천배를 먼저 하라"는 것 따위가 그런 것이다. 백팔배를 하던 성 베드로가 휙 돌아가 버린 것도 그 때문이리라.

본래 "산은 산이요 물은 물이로다"라는 법어는 두 번 되풀이되는데, 그 사이에 "산은 산이 아니요 물은 물이 아니로다"라는 법어가 끼어 있다. 성 베드로는 돌아가면서 이렇게 되뇌었을 것이다. "절집은 절집이 아니요, 스님은 스님이 아니로다!"

이들은 모두 그렇다 치고
남사고도 남사고지만
도선 스님 저자에서나 할 소리를 하필이면 늘상 절집에서 해
이 야단이냐고 이 야단법석이냐고
도갑사 절집 식구들 이러다가 절집에서 큰 싸움 나겠다며

이젠 더 못 참겠다고 날을 세우고 있네

_〈도갑사 도선 스님과 남사고〉 제5연

한국 풍수지리의 원조인 도선(道詵, 827~898)이 창건한 사찰 가운데 하나가 영암 월출산 도갑사다. 스님이 그곳에 머물고 있을 때, 천문과 지리, 역학에 통달했다는 조선의 남사고(南師古, 1509~1571)가 찾아와 설전을 한판 벌인 모양이다. 그 소문이 경향 각지에 쫙 퍼지자 가게 내고 싶은 자, 땅이나 아파트 사고 싶은 자, 주식 투자 하고 싶은 자 등등이 도갑사 절마당에 장사진을 쳤다. 야단도 그런 야단이 없다. 법석은 온데간데 없고, 재물에 환장한 자들의 야단으로 난리다. 도갑사 절집 식구들이 이젠 더 못참겠다고 날을 세울 정도다.

도선 스님은 혜철(惠徹, 785~861) 스님의 "무설설(無說說), 무법법(無法法)"의 법문을 듣고 오묘한 이치를 깨쳤다고 한다. 말 없는 말, 법 없는 법! 그런데 정작 도선 스님이 남긴 행적은 말 같지도 않은 말, 법 같지도 않은 법뿐이니, 원! 생각해 보라. 온 우주에 법이 없는 곳 없는데, 길한 땅 흉한 땅이 따로 있을 리가 없지 않은가? 도선 스님이 풍수를 했다면 깨닫지 못한 것이고, 깨달았다면 풍수를 했을 리 없다. 풍수나 하는 스님이 어찌 스님이랴! 시인의 은근한 말에 서슬 퍼런 칼날이 번뜩인다.

이렇게 시로써 스님네들 어쩌고 저쩌고 하는 것도 참 딱하다! 이게 다 구업(口業)을 짓는 건데. 그러나 구업이라 해서 다 악업은 아니며, 시인의 구업은 모든 중생의 구업이기도 하다. 그러고 보면, 시인의 길도 보살도(菩薩道)나 마찬가지다. 다음 시를 보면, 부정할 수가 없다.

> 룸비니 동산을 찾아가
> 부처님 탄생했다는 보리수나무 아래 가부좌하고
> 부처님께 물어보았지요
> 부처님 사람은 모두 부처라고 하셨으니
> 저도 부처이지요? 맞지요?
> 부처님 묵묵부답
> 참! 마야 부인이 부처님을 낳을 때처럼
> 보리수나무 가지를 잡고
> 다시 물어봐야지
> 부처님 사람은 모두 부처라고 하셨으니
> 저도 부처이지요? 맞지요?
> 부처님 이번에도 묵묵부답
> 마침 불어오는 바람

보리수나무 잎들을
살랑살랑 흔들며 일러주었지요
사람이 되어야 부처가 되지
바보야 사람이 먼저지

   _〈룸비니 보리수나무 아래서 부처를 묻다〉의 일부

윤동재 시인은 인도에 가서 석가모니가 태어났다고 하는 룸비니를 찾았다. 오늘날에도 그렇듯이 아주 오랜 옛날부터 인도에서는 사람을 신분으로, 직업으로 잘게 나누어 차별을 해 왔다. 왕자로 태어난 석가모니는 놀랍게도 깨달음을 얻고서는 "사람이면 누구나 부처다"라고 선언했다. 신분의 차별도, 직업의 차별도, 성별의 차별도 한꺼번에 무너뜨리는 선언이었다. 그 선언을 부처님이 실제로 했는지를, 2,500년이 지난 지금도 유효한지를 인도의 중생도, 한국의 중생도, 중국의 중생도, 미국의 중생도 알고 싶었다. 그래서 시인이 대신 물었다. "저도 부처이지요? 맞지요?"

부처님은 묵묵부답이다. 스스로 깨달아야 하는 것이어서 묵묵부답하신 것이다. 부처님이 무슨 말을 한들, 스스로 깨닫지 못하면 아무 소용이 없기 때문이다. 그렇지만, 중생은 답답하다. 부처님의 부답(不

答)이 대답(對答)인 줄을 모르는 중생에게 부처님의 묵묵함은 답답함만 더해줄 뿐이다. 중생의 마음을 잘 아는 시인은 꾸지람을 무릅쓰고 거듭 물었다. 그 정성에 감복한 보리수나무가 잎들을 살랑살랑 흔들며 일러준다. "사람이 되어야 부처가 되지. 사람이 먼저 되어야지!"

불교(佛敎)다운 불교시(不敎詩)

한때 한국의 현대시는 많은 독자들을 거느리고 있었다. 이제 그런 독자들이 드물어졌다. 내 생각에 그것은 없는 식견을 내보이려거나 달관한 체하거나 시인이라는 아상을 잔뜩 품고서 시를 쓰기 때문이 아닌가 한다. 적어도 솔직하고 정직한 자세로 시를 쓴다면, 독자도 마음 편하게 읽을 것이다. 그런 시조차 드문 시대다. 게다가 현대시에는 불교시가 매우 드물다. 우리의 역사와 문화에 깊이 배어 있는 종교이자 철학이 불교라는 사실을 감안하면, 참 희한한 일이다. 그런 면에서 보자면, 윤동재 시인의 불교시는 둘을 다 갖추었다. 솔직하고 정직한 느낌을 바탕으로 불교의 이치를 재미있게 담아 냈기 때문이다.

물론 시인은 '불교시'라고 하지 않고 '절집 몽유기행시'라고 했다. 그래서 더욱 불교시답다. 본디 불교란 스스로 깨닫는 길을 가는 철학이자 종교다. 그래서 붓다처럼 스승이 있어도 가르치지 않으면서 가르친다. 윤동재 시인이 절집을 배경으로 풀어낸 이야기시도 그런 시다. 전혀 가르치지 않고 이치를 강조하지 않으면서도 넌지시 이치를 가르치는, 아니 이치를 깨닫게 하는 그런 시다. 간단히 말하면, 이 시집의 시는 불교(佛敎)답게 가르치지 않는 불교시(不敎詩)다. 그래서 시들로 전각과 탑, 불상, 풍경 등을 이루는 '절집 같은 시집'이다.

룸비니 보리수나무 아래서 부처를 묻다

초판 1쇄 발행 2025년 3월 17일

지은이 윤동재
펴낸이 강수걸
편집 이선화 강나래 오해은 이소영 이혜정
디자인 권문경 조은비
펴낸곳 산지니
등록 2005년 2월 7일 제333-3370000251002005000001호
주소 부산시 해운대구 수영강변대로 140 BCC 626호
전화 051-504-7070 | 팩스 051-507-7543
홈페이지 www.sanzinibook.com
전자우편 sanzini@sanzinibook.com
블로그 http://sanzinibook.tistory.com

ISBN 979-11-6861-449-9 03810